CW01456106

LA LÉGENDE DE NOS PÈRES

Né en 1952, Sorj Chalandon est un journaliste et un écrivain français. Après avoir travaillé trente-quatre ans à *Libération,* il est aujourd'hui membre de la rédaction du *Canard enchaîné.* Ses reportages sur l'Irlande du Nord et le procès Klaus Barbie lui ont valu le prix Albert-Londres en 1988. Il est notamment l'auteur du *Petit Bonzi,* d'*Une promesse* (prix Médicis en 2006), de *Mon traître* et de *Retour à Killybegs*.

Paru dans Le Livre de Poche :

MON TRAÎTRE

LE PETIT BONZI

RETOUR À KILLYBEGS

UNE PROMESSE

SORJ CHALANDON

La Légende de nos pères

ROMAN

GRASSET

ISBN 978-2-253-13469-5 – 1re publication LGF

Pour Alain.

1.

A l'enterrement de mon père, il y avait neuf personnes et trois drapeaux. Nous étions le 17 novembre 1983, j'avais vingt-sept ans. Lupuline était là aussi, mais je regardais les drapeaux. Des étendards sans vent, harassés, presque gris. Le premier ployait sous ses médailles comme un vieux soldat. Le deuxième était un fanion tricolore, sans franges ni galons, frappé de l'inscription *Corps franc - Vengeance.* Sur le troisième, il y avait une étoile noire et une panthère rouge à l'affût.

La main de maman frôlait la mienne. Lucas mon frère était bras croisés, face à la terre ouverte. Il avait dix ans de plus que moi, il était aveugle. Et moi je surveillais le ciel en espérant la pluie. Mon père avait toujours aimé l'orage. D'ailleurs il ne disait pas « la pluie », mais « le temps ». L'absence de nuages le désolait. Le soleil le frappait d'inquiétude. Avec les beaux jours, il faisait comme moi, là, devant sa tombe. Il regardait le ciel en demandant au temps où il était passé.

A son enterrement, mon père était comme mort depuis déjà huit ans. L'accident de Lucas l'avait bouleversé, puis affaibli, puis tué. Il disait qu'il avait le cancer du chagrin. Il est entré à l'hôpital. Il en est sorti. Il ne voulait plus des blouses blanches, de cette odeur silencieuse, ni plus rien dans la bouche, ni plus rien dans les fesses, ni plus rien dans les veines. Il était autre chose que souffrant, il était fatigué. Fatigué de nous, de son passé, de la vie. Alors il est rentré à la maison en avril 1975, et puis il s'est couché.

Mon père est mort le jour de son anniversaire. Dans le placard de la salle à manger, maman avait caché le cadeau de ses soixante-seize ans. Une pipe d'écume à tête de zouave, empaquetée dans un papier bleu. Personne n'y a touché, jamais. Aujourd'hui, elle est dans ma bibliothèque, entre deux livres, dans son emballage en ruban de fête.

D'abord, mon père avait souhaité donner son corps à la science. Son corps entier et qu'il n'en reste rien. Ma mère avait protesté faiblement devant lui. Puis elle avait pleuré. Il l'avait su. Il devinait son moindre souffle. Alors il avait parlé d'incinération, de cendres dispersées sur une pelouse du souvenir, en banlieue de tombes. Maman avait eu cette même tristesse. Et puis un jour, elle lui a avoué. Elle voulait un pan de terre à lui, et donc à elle. Un endroit où se souvenir, puis revenir, et puis dormir enfin pour que l'on y revienne. Mon père avait pris ma mère dans ses bras. Jamais, il ne le faisait. J'étais encore enfant. Je sortais de la cuisine. Je suis tombé sur eux, dans un coin du couloir. « Tu veux que nous soyons réunis, c'est ça ? » disait-il. Et elle hochait la tête. Unis, réunis, c'était ça. C'était à tout jamais. Ce serait donc un enterrement. « La cohorte des hypocrites », avait dit mon père. C'est pour elle, et pour nous qu'il y prendrait sa place.

Mon père s'appelait Pierre, mais c'est *Brumaire* que les gars avaient fait graver sur la plaque. Elle attendait à côté du trou, posée sur la terre, retournée, noire, luisante de neuf. Il n'y avait pas eu de prêtre, il n'y aurait pas de croix. Juste un bloc de granit gris, brut et inégal, qui semblait avoir été arraché à la roche.

Nous n'étions pas nombreux. Il y avait ma mère, ses enfants à portée de peau. L'oncle Veurnes, aussi. Un cousin, une amie bien trop triste, et puis les gars de la Résistance. Mon père les appelait comme ça, « les gars ». Autour du trou, ils n'étaient que trois.

— Lille est trop loin de tout. Et puis ce n'est pas pratique d'être enterré en milieu de semaine, avait excusé ma mère.

Mais je savais que la distance n'était pas la raison. Ni le jour. Ils étaient trois parce qu'ils n'étaient plus que trois.

Quand le cercueil est descendu, retenu par les cordes, elle a poussé un petit cri animal. Une plainte de rien du tout, comme un peu d'air qui fuit. Je lui ai pris le bras. Lucas a gémi sans voir. Les autres ont baissé la tête. L'amie a pleuré fort. Les gars ont salué la caisse, doigts à la tempe et tête haute. J'ai regardé leurs mains chevrotantes, leurs mentons tremblants, et les drapeaux âgés s'incliner vers le trou.

— Nous n'attendions pas des honneurs insignes, des récompenses exceptionnelles, des traitements de faveur. Nous ne nous apprêtions pas à jouer le rôle de héros nationaux...

L'un des gars a dit ça devant la tombe ouverte. C'était le seul que mon père appelait

« compagnon ». Ils avaient combattu ensemble dans une section du Loiret, puis en région parisienne. Ils avaient été arrêtés ensemble, déportés ensemble. Et ils étaient revenus de camp avec du cœur en moins. Mon père, c'était Brumaire, et lui c'était *Tristan*. Je n'ai jamais su son véritable nom. Tristan, c'était tout. Et c'était pour toujours. La guerre l'avait baptisé, et la paix n'a jamais osé la contredire.

Tristan a lu le dernier hommage à Brumaire, et il a gardé son papier ouvert devant lui. La première goutte de pluie est tombée sur ses mots. Puis une deuxième. Mon père aurait levé la tête en disant « le temps se lève enfin ». C'était fini. Nous ne savions quoi faire de notre silence. Un homme en raide a ouvert les bras pour dire qu'il fallait laisser place à la terre. Lucas a déplié sa canne d'un geste sec, passant son bras sous le bras de maman. La pleureuse est partie. Puis les anciens. Tristan lui, n'avait pas bougé. Il se relisait, feuille levée à hauteur de lunettes, et l'eau de pluie faisait larmes d'encre.

Neuf personnes et trois drapeaux. Ça a été l'enterrement de mon père.

Et c'est en remontant l'allée que j'ai vu Lupuline. Elle devait avoir mon âge, les cheveux blonds coupés au carré. Un visage très pâle, un nez droit, une bouche légèrement ourlée. Un jour, je découvrirais que son sourire creuse une fossette entre sa pommette et sa joue.

Un homme était à ses côtés. Soixante ans, à peine plus, mais il s'aidait d'une lourde canne et paraissait plus grand que nous tous. Lupuline et lui étaient restés à l'écart. Pas dans le cercle de tristesse, pas au pied des drapeaux. Un peu derrière, entre deux tombes en herbes. Ils n'ont pas dit un mot. N'ont pas jeté de rose sur le cercueil humide. Les gars ont embrassé ma mère, Lucas et moi. Lupuline et cet homme n'ont pas tendu la main. Ils étaient là, c'est tout. Eux deux et eux seuls, marchant vers la sortie. Tandis que nous rompions le cortège de deuil, ils s'éloignaient.

Il s'appelait Tescelin Beuzaboc. Et elle, c'était sa fille. Je n'apprendrais leur nom que bien plus tard. Pour l'instant, ils n'étaient qu'un couple étrange et silencieux, à la fois présents, fantômes, et en retrait de tout.

A la mort de papa, je les croisais pour la troisième fois.

La première fois, ils se tenaient sur un trottoir de Valenciennes. La fille avait pris la main de son père. C'était une retraite aux flambeaux en l'honneur d'un armistice. J'avais dix-huit ans, et papa marchait encore. Il menait les gars en silence. Pas de drapeau, juste leurs pas. J'ai vu Tescelin immobile dans le feu de ma torche. Son visage était d'ombres, griffé comme une écorce. Un désordre de cheveux blancs, des sourcils broussailles et le regard bleu. Il pesait sur sa canne, le corps redressé. On l'aurait dit prêt au combat ou bien au garde-à-vous. Les épaules, le cou, la tête. Menton et regard levés.

Puis ce fut l'enterrement de *Fournel*, trois ans avant la mort de mon père. Fournel s'appelait Maujean, un gars du réseau *Vengeance*, deux fois blessé au feu, mort dans ses escaliers. Il avait combattu dans le Loir-et-Cher, sous les ordres du capitaine Duchartre. On l'avait enterré à Arras, aux côtés de sa femme. Mon père n'avait pas quitté la chambre pour accompagner Fournel. Et nous avons compris qu'il ne se lèverait plus. Maman l'avait représenté aux obsèques. Et Lucas, et moi. Je tenais Lucas par l'épaule. Il refusait de mettre des lunettes noires. Alors les gens détournaient les yeux. Lupuline et Tescelin étaient derrière, encore, masqués par un muret. Ils sont partis avant la mise en terre. Sans un salut, sans un mot. Juste leurs pas sur le gravier. Un instant, Lupuline s'est retournée. Elle regardait mon frère et moi, pitoyable équipage. Elle avait quelque chose de grave et d'étrange à la fois. Son regard était terrible. Un acier gênant. Un bleu presque blanc, comme celui de son père. Mais ses chaussures étaient singulières. Sur le trottoir aux flambeaux, à l'enterrement de Fournel et pour la mort de papa, Lupuline portait des chaussures rouges. C'est comme ça que je l'ai remarquée la première fois. Que je l'ai reconnue la deuxième. Et lorsque descendait le cercueil de mon père, levant la tête vers le terril de glaise, j'ai aperçu ses chaussures rouges pour la troisième fois.

*

Mon père est né le 14 novembre 1907. Novembre, c'est pour cela que ses compagnons de combat l'appelaient Brumaire. Il a rarement parlé de la guerre. Jamais dans les micros, jamais sur les estrades, mais parfois à mots tranquilles, pour un ami, un parent, un ancien du Corps franc.

— Je m'appelle Pierre Frémaux, disait mon père.

Pas Brumaire. Ni histoire qu'on raconte, ni passé qu'on ressasse. Il disait être un homme qui était revenu. Il avait deux enfants, mais j'ai cru longtemps qu'il n'en avait qu'un. Lucas était son grand, son préféré, son fils. Dix ans de différence entre nous et tout un monde, aussi. Il parlait à Lucas, il jouait avec moi. A Lucas, il enseignait la vie. Il me faisait des ombres sur le mur en joignant les deux mains. Je lisais sur ses lèvres. Lucas lisait dans ses yeux. Mon père lui a parlé de sa résistance. Il lui a raconté le combat, les risques ignorés, le plaisir, le jeu aussi. « Parfois, nous jouions à la guerre », disait-il en souriant. Il a parlé de *Vengeance* comme d'un endroit d'amis. Où l'on entrait, où l'on sortait, où l'on chuchotait, d'où l'on ne revenait jamais tout à fait. Un jour qu'il avait bu, il a dit à Lucas ce que c'était tuer. Il n'a pas dit grand-chose, l'essentiel. Que ceux qui avaient tué se reconnaissaient entre eux. Qu'ils avaient le même regard de glace, le même pas dans la rue, et une manière particulière de réclamer le silence.

A mon frère, il a parlé du convoi du 27 avril 1944. Des six chiffres tatoués sur son avant-bras gauche. Il a raconté son retour, seul. Les drapeaux fanés qui l'avaient accueilli. Son réseau sans honneurs, sans hommages, sans rien. La guerre redevenue la paix, les prisonniers errants, les soldats jetés aux civils par milliers. Les douleurs qui glacent, les bravoures qui ennuient, les désarrois qui agacent aussi. Son retour de camp, c'était cela. Des résistants en trop, des déportés en plus, une humanité barbelée dont on n'a su que faire.

Voilà ce que mon père murmurait à Lucas. Mais moi, je ne les écoutais pas. Lorsque mon père parlait de guerre à son grand fils, je faisais le clairon. Je soufflais en pinçant les lèvres, pouce dans la bouche et petit doigt levé, comme un sonneur à la Saint-Hubert. Je ne me moquais pas. Je faisais du bruit. Je passais dans la pièce en mimant la parade. Je capturais trois mots entre deux coups de trompe. Guerre, guerre, guerre. Pourquoi je faisais ça ? Parce que. Parce que je ne comprenais pas tout. Parce que j'étais trop petit. Parce que j'avais peur de tout ce solennel. Parce que mon père avait sa voix triste. Parce que mon frère était assis à terre, au pied du fauteuil et qu'il écoutait, le menton dans la main. Parce que ma mère me disait d'aller jouer ailleurs. Et alors, mon père se levait. Il riait. Me prenait dans ses bras. Il disait que j'avais raison. Que tout cela n'avait plus aucun sens. Que chacun avait fait ce qu'il devait. Qu'il fallait tourner les pages. Que le meilleur moyen d'en rire était d'imiter le clairon d'armistice. Alors il pressait ses lèvres à son tour, et mouillait un son étrange et triste de sonnerie au drapeau.

Un jeudi pluvieux d'avril, nous sommes passés devant le monument aux morts de la place Rihour, mon père et moi. Deux enfants s'amusaient sur le socle de pierre. L'un d'eux avait un pistolet en fer à la main. Ils avaient mon âge. Un homme en manteau noir leur a crié de descendre du monument. Il a dit que c'était comme une tombe. Il a dit que personne n'avait le droit de jouer là. Quc c'était interdit. Que c'était sacrilège. L'un des enfants s'est enfui. L'autre a eu peur. Il a glissé. Il est tombé sur le dos. Sa tête a heurté la pluie. Il a pleuré un peu. L'homme est parti. Il a traversé la rue sans regarder derrière. Mon père m'a lâché la main pour relever l'enfant.

Le petit n'avait rien. Il reniflait. Il était debout, tête basse, papa accroupi devant lui le tenait par les épaules. Je m'en souviens. Pas de tout ce que mon père a dit, mais presque. Il a dit au petit qu'il avait fait la guerre. Il lui a dit qu'il avait eu peur, et froid, et faim, et mal. Il lui a demandé s'il savait pourquoi il avait fait cela. Deux fois, il lui a demandé. Le gamin baissait les yeux. Il était comme puni, dans un coin de l'école. Les voix ne semblaient plus lui parvenir. J'étais en retrait, debout, un peu gêné. Je regardais mon père. Je l'écoutais, aussi. Il a dit à l'enfant qu'il avait fait cela, la guerre, la résistance, la peur, l'espoir, tout cela pour que lui…

— Tu t'appelles comment, bonhomme ?

— Freddy.

— Freddy comment ?

— Freddy Delsaut.

… Pour que lui, Freddy Delsaut, et n'importe qui d'autre, le copain enfui ou tous ceux à venir, puissent s'amuser sur tous les monuments aux morts.

— Je me suis battu pour que tu aies le droit de jouer, a souri mon père.

Il a demandé au gamin s'il avait compris. L'autre a secoué la tête pour dire non. Puis il a ramassé son cartable. Et il est parti en courant. Je me rappelle aussi que mon père a ri. Que la soirée avait été légère.

C'était quelques années avant l'accident de Lucas.

Mon frère avait une malformation, un « œil trop court », disait ma mère. Lui parlait de brouillard, de halos vifs, de lumières cruelles et de mal de tête. Une nuit de janvier 1975, Lucas s'est réveillé en hurlant. Il criait que ses yeux étaient trop gros. Il a vomi. Mon père l'a emmené à l'hôpital. Lorsque Lucas est parti, il était en pyjama, les yeux recouverts d'un gant de toilette. Je lui ai parlé. Il a soulevé le gant. Ses yeux étaient noirs. La pupille avait dévoré l'iris. Il m'a dit qu'il ne me voyait plus. Il tremblait de peur. Il ne m'a pas revu.

De ce jour, mon père n'a plus parlé. Ni à maman, ni à Lucas, ni à moi, ni à personne, jamais. Parce qu'il était trop triste, et qu'il avait tout dit. Et puis il est tombé malade. Il s'est couché. La chambre de mes parents est devenue sa chambre. Lit de douleur puis lit funèbre. Jusqu'à la fin, maman a dormi sur le canapé du salon. Elle marchait dans l'appartement à petits pas de femme. Papa restait allongé dans l'obscurité. Lucas longeait les murs en s'aidant de ses mains, respirant fort et à petits cris. Je savais que mon père frissonnait à chacun de ses gestes. Sa tombe était prête. Et j'avais dix-neuf ans.

*

On fait son deuil. C'est effroyable, mais on le fait. Après avoir été au loin, au plus profond, creusé par l'absence et le silence, sans air, sans lumière, sans souffle, sans pensée, sans rêve, sans voix, après avoir perdu la faim, la foi, les nuits, après avoir tremblé à l'infini, après avoir eu froid de tous ces jours sans l'autre, tous ces gestes sans l'autre, après avoir traversé seul les fêtes maudites, les saisons détestables, après tant de matins pour rien, on défroisse le linceul qui nous couvrait aussi. On caresse l'étoffe, on la regarde encore, on la plie avec soin, on la range dans un coin de sa vie en attendant la suite. On fait son deuil, mais on ne revient pas d'un rendez-vous manqué.

J'avais laissé partir mon père. Pas mon papa, mon petit homme, mon terne, mon hibou d'enfance derrière ses grosses lunettes. Pas celui qui me portait au lit, sa joue contre la mienne, qui nous avait aimés du regard et de la peau. Mais mon père, l'autre. Ce héros sans lumière, ce résistant, ce brave, ce combattant dans son coin d'ombre. J'avais laissé partir cet inconnu, ce soldat, ce déporté. Qui était retourné à la liberté comme on va au silence. J'avais laissé partir une page de notre histoire commune. J'avais oublié de m'asseoir à ses pieds, de rechercher ses yeux. J'avais tardé à l'assaillir, à le questionner, à moissonner sa mémoire. J'avais failli à mon métier de fils. J'étais devant la tombe et j'avais les mains vides de lui, les poches sans aucun ticket de notre vie à deux. Sans l'avoir su, je partageais mon enfance avec un héros, et je jouais du clairon pour empêcher sa voix.

J'avais manqué mon père, mais il ne m'avait pas aidé non plus. La paix l'avait rendu à la vie simple, aux souvenirs de peu de mots. Il se mêlait rarement aux célébrations communes. Il commémorait à regret. Il avait trouvé la guerre terrible, et la Libération injuste. S'il défilait avec ses gars, c'était pour eux, pas pour lui. Ils aimaient retrouver le sourire de Brumaire, sa petite ombre, son regard droit. Ses médailles reposaient en poignée dans une boîte de dragées. Du combattant, je ne savais finalement que deux pages dans un livre aujourd'hui introuvable. J'y avais lu son nom, deux anecdotes. Danger, courage. J'avais aussi retrouvé sa photo en jeune homme, souriant, agenouillé pour l'image, un pistolet-mitrailleur à la main.

Mon père et moi pensions avoir le temps de parler de ce temps. Nous remettions à plus tard la cérémonie des confidences. Jamais nous ne nous l'étions avoué. C'était même devenu une taquinerie entre nous. Une façon de se dire à demain. Et Lucas a perdu la vue. Et mon père s'est couché. Et j'ai renoncé. Et la mort nous a soudain dérobés l'un à l'autre.

Ce fut ce jour-là, regardant les drapeaux et la panthère rouge, observant un à un les trois partisans, écoutant Tristan et ses larmes de pluie, que je fus orphelin. Vraiment. De père et de mère. Mon père était comme mort avant d'entrer en terre. Ma mère allait mourir de l'y avoir conduit. De lui et d'elle resteraient un enfant sans lumière, un autre sans empreinte.

2.

Novembre 2002

La femme qui m'écrivait s'appelait Lupuline Beuzaboc. Ce nom inscrit derrière l'enveloppe, je l'ai relu et prononcé à voix haute. C'est joli, Lupuline. J'apprendrais bientôt que ce prénom venait d'une variété de luzerne à fleurs jaunes. Pour Beuzaboc, j'ai pensé à un héros de Molière, un masque de comédie, une trouvaille de littérature. Jamais je n'avais entendu ce nom-là. Machinalement, j'ai ouvert l'annuaire du Nord-Pas-de-Calais. Aucun Beuzaboc. J'ai cherché ailleurs, tapant Beuzaboc sur mon clavier d'ordinateur. A cet aller-retour sévère entre consonnes et voyelles, au martèlement des lèvres qui le prononceraient, j'ai d'abord cru à la Bretagne. Puis j'ai interrogé Paris et d'autres villes, les départements, les régions, la France entière, mais rien. Nulle part, Beuzaboc. Alors, j'ai dessiné un point d'interrogation à côté du drôle de patronyme. Bien sûr, je n'avais pas fait le rapprochement avec la gamine aux souliers rouges et en bord de tombes, qui hantait mon chemin presque vingt ans plus tôt.

C'était un courrier sans surprise. Il répondait aux publicités que je faisais paraître dans la presse locale. « Mettez en scène vos parents, vos amis, vous-même. Vivez une aventure littéraire unique et passionnante. Et alors, et enfin vous serez un écrivain, vous aussi. C'est VOTRE NOM qui apparaîtra sur la couverture d'un livre. » Je n'étais pas très fier de ces annonces. Vite écrites, avec des mots gonflés d'orgueil, entourées d'un filet rouge ou bleu, mais elles touchaient leur cible.

J'étais biographe familial. Pas *nègre,* biographe. Je n'écrivais pas à la place des personnalités, je remettais en ordre les mots des simples gens. Chaque mois, je recevais ainsi cinq ou six lettres, presque toujours les mêmes et pour les mêmes raisons. Mes correspondants voulaient se raconter. « Ma vie est digne d'intérêt, en tout cas autant que d'autres. Alors pourquoi ne pas en faire un livre ? » m'avait écrit une ancienne filandière d'Haspres. « A sa mort, on laisse des meubles ou de l'argent à ses enfants. Moi, je veux leur léguer le roman de ma vie », avait expliqué un vieil instituteur de Béthune.

Le livre de la fileuse avait été rédigé en huit séances. Elle parlait vite. Elle se souvenait de tout. Sa langue était au plus juste. Pas de jeu avec les mots, pas d'idées buissonnières. Sujet-verbe-complément. Elle voulait que l'ouvrage soit de cette sécheresse. Je n'avais eu qu'à retranscrire. Au moment du titre, j'ai proposé « Ma vie, fil à fil ». Et ma cliente a trouvé ça beau.

L'instituteur de Béthune avait mêlé aux souvenirs les poésies qu'il composait en secret. Un titre ? « Vers de craie » ? Et le maître d'école a hoché la tête.

Ceux qui ne se racontaient pas retraçaient l'aventure d'une entreprise familiale, évoquaient leur mère, un amour d'enfance, un parcours, un village, un exil. Ma clientèle n'était pas trop exigeante. Elle demandait simplement que bout à bout, ses anecdotes aient l'apparence d'un livre. Deux cents pages en moyenne, un beau titre, quelques photos regroupées dans un cahier central et une reliure brochée. Un petit imprimeur de Lille fabriquait l'ouvrage. Quelques dizaines de copies chaque fois ou bien juste une poignée, destinée aux plus proches. « Editions de l'Arnommée » était inscrit sur la couverture. Une trouvaille de l'imprimeur. Parce que le mot *édition* changeait à lui seul le manuscrit en un livre véritable. Chaque exemplaire était présenté sous cellophane. Et mes clients tremblaient en ouvrant le premier.

Lupuline Beuzaboc voulait faire un cadeau à son père, lui offrir le récit de sa vie d'homme. Je lui téléphonerais le lendemain, ou la semaine suivante. J'avais d'autres textes à finir. J'avais le temps.

*

Je rédigeais la mémoire des autres, mais pas seulement. J'acceptais aussi de retravailler leurs écrits. Certains clients me proposaient de relire un texte rédigé. Alors, je corrigeais la syntaxe, dentelais les phrases et agençais la chronologie. J'avais mis en forme le manuscrit d'une jeune mère qui s'imaginait étranglant son bébé. Une autre fois, un homme qui trompait sa femme avait choisi le roman pour la mêler à ses jeux. Un veuf m'avait commandé un livre en mémoire de son épouse, retrouvée froide à ses côtés un matin de juillet. Parfois, on me priait d'ajouter un peu de fantaisie à la réalité. Je choisissais des verbes plus brillants, mêlais au vrai deux ou trois fables et tout en devenait plus beau. « Plus agréable à lire », je disais, pour excuser la petite menterie.

— Et vous, qu'écrivez-vous ?

Souvent, c'était la première question que mes clients posaient. Avant de me confier leur vie, ils voulaient lire quelque chose de moi. Comme on inspecte un fruit, sur l'étal d'un marché en plein vent.

J'avais été instituteur et six ans journaliste, correspondant local pour *La Voix du Nord*. Toutes ces années, j'avais découpé mes articles et les avais glissés dans des pochettes perforées. C'étaient ces classeurs de couleurs que je présentais à mes nouveaux clients. La fonction de journaliste et ma signature imprimée avaient pour eux quelque chose de rassurant. En tournant les pages, j'expliquais que c'était dans les salles communales, les repas champêtres, les spectacles de préaux, à force de noter les petits riens des gens, à force de les regarder et de les écouter, que j'avais eu l'idée de devenir biographe.

3.

Lupuline Beuzaboc a de belles mains, et ses chaussures rouges. Lorsqu'elle est entrée dans mon bureau, j'ai remarqué les chaussures. Des escarpins vifs, pointus, à brides croisées sur la cheville. Elle a enlevé ses gants. Ses ongles étaient de même couleur. De la garance pure, comme frottée aux racines de plein champ. Elle a hésité un instant sur le seuil.

Je l'ai reconnue. Tout de suite. Une peau très blanche, un regard pâle. L'enfance riait en elle malgré ses cheveux gris. Elle m'a regardé poliment. Je n'ai rien dit. J'ai cherché la jeune fille. Ma dernière image d'elle était un geste élégant. Un homme recouvrait le cercueil de mon père. Le bruit de la terre sur le bois. Maman avait mille ans. Lucas agaçait le gravier de sa canne. Lupuline repartait. Son père marchait devant.

Je me souviens de ce geste. Un pas de côté, pour éviter une branche morte. Elle ne s'était pas retournée.

Pour une première rencontre, Lupuline avait souhaité se déplacer. Je me suis levé et j'ai approché le fauteuil d'angle. Elle s'est assise en regardant la pièce. Je l'appelais bureau, c'était une ancienne chambre d'amis. Dans ses yeux, j'ai lu autre chose, *alcôve* ou *réduit*. Tout cela m'a semblé brusquement minuscule.

— Vous travaillez là ? m'a demandé Lupuline.

J'ai dit oui. J'écris là, mais je vais chez les clients pour les entendre.

— Leur environnement compte tout autant que ce qu'ils disent.

J'ai répondu ça mécanique, vaguement distant. Elle a hoché la tête. Elle m'impressionnait. J'ai sorti sa lettre de l'enveloppe pour la poser sur mon bureau. J'avais appelé Lupuline Beuzaboc la veille. Elle vivait rue des Chats-Bossus, dans le Vieux-Lille. Je vis rue Faidherbe. Nous n'étions pas loin. Je lui avais demandé de passer vers 15 heures pour un premier contact. Je pensais que son père viendrait aussi, mais elle était seule. Elle observait sans un mot mes étagères colorées, les dossiers en piles, les trombones accrochés à l'abat-jour de ma lampe de bureau, l'ordinateur éteint, la desserte encombrée de photos anciennes. J'ai fait mine de relire sa lettre. Elle a ouvert son sac en me demandant si la fumée de cigarette me dérangeait. J'ai souri, dit non, bien sûr que non, pas du tout. Elle a sorti un agenda de cuir et un stylo doré.

— Parce que mon père fume, a ajouté Lupuline.

J'ai ouvert mon carnet noir à tranche violette. Un carnet neuf, fermé par un élastique. Nous étions face à face, le bureau entre nous, moi mon carnet, et elle son agenda.

— Mon père a quatre-vingt-quatre ans, et il déteste les honneurs. Il a passé sa vie à hausser les épaules chaque fois qu'on lui reparlait de ça. Il dit qu'il a fait ce qu'il fallait, et que ce n'était pas la peine d'en faire toute une histoire. Et moi, je viens vous voir aujourd'hui pour vous demander d'en faire une histoire.

Je l'ai regardée.

— Excusez-moi, mais qu'a-t-il fait ?

Lupuline a ri. Une fossette s'est creusée entre sa pommette et sa joue. Elle s'est excusée, elle a dit qu'elle était confuse. Dans mon carnet, page de droite, j'ai noté : « Elle dit être confuse. »

J'aime bien la première phrase écrite dans un carnet. Souvent, elle n'a pas d'importance. Juste, elle est la première phrase, l'hésitation sur le seuil, le début de tout.

— Désolée, je pensais en avoir parlé dans ma lettre.

Lupuline a passé une main dans son carré de cheveux. Elle a posé son sac sur mon bureau.

— Mon père était cheminot. Pendant l'Occupation, il a résisté. Il avait vingt ans. Il a pris des risques terribles et n'en a jamais parlé.

J'ai manqué d'air. J'ai inspiré en grand. Mon père est entré dans la pièce. Son silence de petit homme, son regard secret.

— Cette histoire est toujours restée dans le cercle de famille. Et aujourd'hui, j'ai envie de mettre cela par écrit.

— Pour le soumettre à un éditeur ?

Lupuline a souri, tête penchée.

— Non. Pour transmettre cette mémoire lorsqu'il sera parti.

Je notais. Je faisais semblant. En relisant mes mots, je les ai vus tremblés. Je revoyais la fillette et son père. Ce géant silencieux dans mon éclat de torche. Je revoyais mon père, aussi. Ces deux hommes. Le mien sur la rue, à la tête de ses gars. Le sien sur le trottoir, seulement la tête haute. Je ne sais pas combien de temps j'ai gardé le silence. J'ai relevé la tête. Les yeux de Lupuline me cherchaient.

— Vous en avez parlé à votre père ?

— Pas encore. Je voulais d'abord savoir comment vous procédiez.

— Pourquoi moi ?

Lupuline a souri.

— Nous nous sommes déjà rencontrés.

J'ai hoché la tête. Je n'étais pas certain qu'elle se souvienne.

— Il y a deux ans, aux Alouettes grises.

J'étais soulagé. Elle ne se souvenait pas.

— Vous parliez de vos biographies dans des clubs du troisième âge. J'étais aux Alouettes lorsque vous êtes passé. J'ai aussi vu votre publicité dans une salle d'attente, et j'ai eu l'idée de ce cadeau pour mon père.

— Vous êtes infirmière ?

— Chirurgienne.

— Pardon.

Elle a eu un regard amusé. Elle a débouché son stylo.

— Vous m'expliquez ?

Je parlais, elle notait. Je lui ai demandé ce qu'elle voulait. Une histoire à la troisième personne que je rédigerais en observateur, ou une biographie dont son père serait le narrateur et moi l'interprète ?

— Je ne sais pas exactement, a répondu Lupuline Beuzaboc.

L'important pour elle était qu'il parle. Qu'il accepte de me rencontrer, que nous établissions un climat de confiance et qu'il me raconte sa vie clandestine comme il l'avait racontée à ses proches.

— Vous voulez intervenir dans ce texte ?

— Oui, en préfaçant le livre.

— En préfaçant le livre ?

— Je veux raconter comment cette idée m'est venue.

*

Lorsque Tescelin Beuzaboc a raconté sa première histoire, Lupuline avait douze ans. Il était tard. Sa mère venait de lui souhaiter bonne nuit. La fillette essuyait sur sa joue les traces de son baiser. Elle n'avait pas sommeil. Elle venait de regarder le film du dimanche, *Le Père tranquille*, de René Clément.

— C'est une histoire de guerre ? avait demandé la mère.

Le père a répondu qu'à douze ans, il y a des choses qu'on doit savoir.

— Alors je vous laisse, a souri Zélie Beuzaboc.

Elle avait mieux à faire. Elle a toujours eu mieux à faire que la télévision.

Ce n'était pas un film violent, mais une fable sur la bravoure. L'histoire se passait en Charente, pendant l'Occupation. Dans l'ombre, certains luttaient. D'autres détournaient les yeux. Edouard Martin était de cette mollesse. Sa femme l'appelait *Mignonnet* lorsqu'il regagnait sa couche. Au matin, il quittait sa robe de chambre pour une écharpe frileuse et un manteau peureux. Il soignait ses orchidées. C'était tout. Lupuline a décidé qu'elle détestait cet homme. Mais qu'elle aimait Pierre Martin, son fils. Celui qui bientôt quitterait la maison pour gagner le maquis.

Pendant le film, Beuzaboc épiait Lupuline. Sa crainte, lorsqu'un résistant rigolard était contrôlé par une patrouille allemande. Sa joie, quand le farceur a lâché un pet de bouche en remontant sur son vélo. Jamais il n'avait dévisagé son enfant avec autant de bonheur.

C'est à la fin de l'histoire que Pierre Martin a mis un visage sur son chef de réseau. Lupuline était assise à terre, le menton dans ses mains. Elle était comme ça, bouche ouverte, lorsque le jeune homme a reconnu son père. Edouard Martin. Le petit bonhomme en robe de chambre. Le silencieux aux orchidées. Le père tranquille était un brave.

Depuis l'enfance, la fillette laissait une veilleuse allumée pour la nuit. C'était un petit globe terrestre en plastique, posé sur la bibliothèque. Elle s'endormait dans ce halo laiteux. Ce soir-là, juste après le baiser de sa mère, Lupuline a vu son père entrer. Ce n'était pas son habitude. Tescelin Beuzaboc avait peu de gestes. Il embrassait du bout des doigts, il aimait d'un simple regard. Ce soir-là, il a tiré le tabouret de sa fille au milieu de la chambre, et il s'est assis dans la presque obscurité. Lupuline s'est levée sur ses coudes. Elle n'était pas inquiète, son père lui souriait. Il regardait la chambre comme s'il la découvrait. Le petit globe terrestre, la bibliothèque rangée, les peluches que sa fille gardait par habitude, les photos de famille, les animaux découpés, une gravure de la lune, le silence de nuit. Le bureau de Lupuline était près de la fenêtre aux rideaux tirés, et son lit contre le mur.

— Tu as aimé le film ? lui a demandé son père.

Lupuline a répondu oui. Bien sûr qu'elle l'avait aimé. Pierre, d'abord, et puis son père aussi. Et puis surtout son père. Et elle s'en voulait de ne pas avoir compris tout de suite qu'il était le chef. Elle s'en voulait de l'avoir détesté, lui et ses orchidées.

— Tu sais que moi aussi, j'étais dans la Résistance ?

Tescelin s'est penché, mains sur les cuisses. Lupuline s'est assise. Pour la première fois de sa vie, il ne lui avait pas parlé comme à une enfant.

— Tu as tué des Allemands ?

Son père a ri. Mais n'a pas répondu. Il s'est levé. Il a dit qu'il était tard mais que demain soir, si elle voulait, il lui raconterait. Lupuline a dit oui. Si joyeuse et si fort qu'il a mis un doigt sur ses lèvres en souriant.

— Maman n'aime pas que je raconte ces histoires. Elle dit que c'est du passé et que ça embête tout le monde.

— Moi, ça ne m'embête pas, a murmuré la fillette.

Et puis il est sorti. Et puis elle s'est couchée. Devant ses yeux, il y avait Pierre, Edouard, et maintenant son père qui lui donnait la main.

Le lendemain soir, Tescelin Beuzaboc a éteint la lumière dans la chambre de sa fille, et allumé le petit globe. Il a tiré le tabouret au milieu de la pièce. Lupuline était couchée sur le ventre et la tête dans les mains. Dans la lumière soyeuse, son père a raconté le cimetière d'Annequin.

Il est revenu le lendemain et tous les soirs d'après. Pendant huit mois, il a parlé. Et comme pendant le film, il observait Lupuline. Il guettait sa peur au détour d'une phrase, son sourire, sa fierté aussi. Après chaque histoire, il promettait une suite pour demain. Parfois, Lupuline voulait qu'il revienne en arrière. Qu'il raconte encore, et la même chose qu'hier.

— L'histoire de Wimpy, papa ! S'il te plaît.

Et Beuzaboc reprenait l'aventure depuis le tout début.

Il racontait à voix basse, pendant que la mère chantonnait, très loin dans le présent. Parfois il se levait, frappait du talon pour faire les bottes ennemies, crachait d'un coup de lèvres le feu d'un pistolet, se cachait dans l'ombre, transportait la dynamite du mur à la porte, ployant sous le fardeau. Il marchait entre les traverses des rails, évitait une balle d'un geste de la main. Il transportait des tracts, il roulait à vélo, il jouait des tours à ces salauds d'Allemands. Il mimait la guerre des mains, des yeux, de ses grands bras ouverts, dans la clarté laiteuse de leur tout petit monde.

*

— C'était toujours une histoire de résistance ?

— Toujours. Il parlait des sabotages, des aviateurs anglais, de ses copains, du jour d'avril 1944 où il a été blessé à la jambe gauche, a répondu Lupuline.

Elle a expliqué qu'elle voyait le livre comme ça. La guerre racontée par son père à la première personne, et les nuits en préface, dont elle se chargerait.

— Votre père va accepter cette idée ?

— Je veux d'abord savoir si elle est réalisable.

— C'est-à-dire ?

— Ça se passe comment, concrètement ?

Pour rencontrer un client, je préfère me déplacer. Mes rendez-vous durent une heure, pas davantage. Au-delà, les premières fatigues dissipent la mémoire. De retour chez moi, tout de suite, lorsque la voix de l'autre est encore chaude, je travaille deux heures à la retranscription de son témoignage.

— Vous demandez un acompte ? —

Une biographie familiale ne se paye jamais à l'avance. Personne ne sait combien de séances exigera un travail. Personne ne sait si l'écriture même sera menée à bien. Lupuline prenait tout en notes. Combien de séances aurions-nous ? Je ne savais pas, vraiment. Cela dépendrait de la volonté de son père. Souvent, il faut compter entre vingt et vingt-cinq rencontres pour un ouvrage de deux cents pages. Chaque module comprend une heure d'entretien, deux heures d'écriture et coûte 103 euros. Je demande cette somme en début de séance, avant même d'écouter mon client. La semaine suivante, je lui rapporte ce que j'ai écrit. Il lit, corrige ou valide le travail. Et nous recommençons. A tout moment, il peut arrêter. Il arrête parce qu'il ne peut plus. Parce qu'il ne veut plus. Parce que les mots écrits font parfois mal, ou peur. Parce que non, finalement, l'idée n'était pas bonne. Parce que restons-en là. Et nous en restons là. Moi avec un fragment, lui avec une douleur. Mais ces incidents sont rares. Les gens qui viennent me voir ont bien réfléchi. Alors, semaine après semaine, nous poursuivons notre travail. Ils retournent à la table, au fauteuil, marchent en large, en long, mains dans le dos, ou bien restent immobiles, le front à la fenêtre. Ils posent leurs photos sur les tables basses, décrochent les portraits des murs, fouillent les buffets, ouvrent les enveloppes, déplient les lettres en lambeaux, montrent les journaux intimes, retrouvent les objets oubliés. Parfois même, ils pleurent. Et il me faut rester debout dans le lointain. J'ai rompu un contrat, un jour. Après deux séances, j'ai dit à ma cliente qu'il ne fallait plus rien ouvrir, chercher, retourner ou creuser. Que c'était trop terrible. Trop grave. Trop dangereux. Qu'il fallait tout laisser là. Qu'elle devait se faire aider.

Lupuline était gauchère. Elle tenait son stylo à la verticale, avec précaution. Puis elle a refermé son carnet. Elle m'a regardé un instant. Elle voulait lire quelque chose de moi. Pouvait-elle emporter un texte ? Une biographie, peut-être ? Je venais de terminer *Noces de platane*, la vie de Renée et René, agriculteurs belges à la retraite mariés depuis soixante et un ans. Ils avaient offert le livre à leur famille et m'en avaient donné deux. Un pour mes archives, un autre en remerciement. « Pour le biographe Frémaux Marcel, qui a si bien respecté et raconté notre vie », a écrit Renée sur la page de garde. René, lui, a simplement signé de son nom. Lupuline a ouvert le livre, elle a lu la dédicace et elle a souri. Elle n'avait pas ôté son manteau. Durant notre entretien, elle était restée comme ça, boutonnée jusqu'au col. Nous étions en novembre. Une pluie grise tapotait la vitre. Je l'ai raccompagnée à la porte. Elle a remis ses gants en me disant qu'elle parlerait à son père au repas du samedi.

— Vous me donnez une semaine ? a demandé Lupuline.

Une semaine, un mois. Il n'y avait pas d'urgence. Pour convaincre le vieil homme, elle prendrait le temps qu'il faudrait.

Décembre est arrivé, puis la neige, puis Noël. Une semaine après sa visite, Lupuline Beuzaboc avait glissé *Noces de platane* dans ma boîte aux lettres, sous enveloppe, avec un mot qui disait : « mon père réfléchit ». Elle n'avait pas repris rendez-vous. Aucune nouvelle. J'ai pensé à mon père. Je me suis dit que Beuzaboc et lui étaient de cette race d'hommes. Pourquoi agacer leur mémoire ? Pourquoi, maintenant, leur demander des comptes ? Ils avaient fait ce qu'ils devaient, et voilà tout.

Je n'étais pas étonné, pas surpris non plus. J'étais seulement déçu. Lupuline m'intriguait et l'histoire de son père me renvoyait au mien. J'aurais aimé partager quelques heures avec son vieil homme. Je n'avais jamais écrit la biographie d'un résistant. Mon père était mort. Et avec lui, ma part de fierté. Ce sillon d'histoire me manquait.

Pour Noël, j'ai décoré une plante verte avec une boule de couleur et une guirlande dorée. Ma mère faisait cela. Nous n'avons jamais eu de sapin.

— Ils sont mieux là où ils sont, grognait mon père.

Et puis je me suis offert une séance de cinéma. J'ai toujours adoré l'obscur des salles au moment de la fête. Il n'y a rien de plus précieux que minuit désert, le silence d'un film alors que la rue fête la nouvelle année.

Je suis seul. Lucas n'a pas survécu à notre mère. Une voiture l'a renversé il y a cinq ans.

Le conducteur n'allait pas vite, il n'avait pas bu. Il a juré que mon frère s'était jeté sous sa roue. Je suis seul et cela me va. Je peux ne pas parler, me taire des heures et des jours. Je peux ne pas sortir. Rester porte et fenêtres closes avec un livre, ou rien. Je n'ai pas peur du silence. Ni de ma respiration. Je n'attends rien. Je passe le temps. Lorsque je décore ma plante, je revois le sourire de ma mère. « Pas comme ça », disait-elle, en déployant mieux la guirlande sur les branches. Je l'entends rire, chanter. Parfois même, je croise son parfum et cela me suffit. L'odeur du tabac brun a la voix de mon père. Je ne vois plus de pipe dans la rue. Je ne vois plus de retraite aux flambeaux, plus de drapeaux. Il est parti à temps, juste avant qu'on ne le chasse. Et puis je garde aussi le souffle de Lucas. Ses petits cris étranges, ses sourires à tâtons. Il se faisait aider par un chien, un labrador doré nommé Fernand. « Monsieur Fernand », comme l'appelait mon frère. Avant d'être heurté par la voiture, Lucas avait attaché Fernand sur le trottoir, par son harnais à une barrière solide. Le chien se débattait en pleurant. Il savait que mon frère allait mourir. C'est la police qui l'a détaché.

Longtemps, le carnet noir marqué « Beuzaboc » est resté sur mon bureau, adossé au socle de la lampe. Un soir, j'ai relu la première phrase qui y était inscrite, « Elle dit être confuse », avant de ranger le calepin sur l'étagère du haut, avec quelques autres, dans mon carton aux rendez-vous manqués. Nous étions au mois de mai 2003, et elle n'avait pas rappelé.

4.

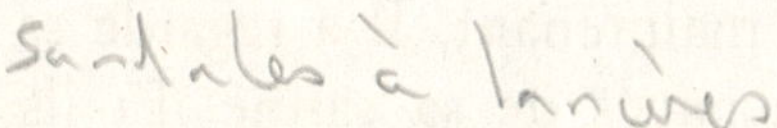

J'ai croisé Lupuline rue de Béthune, à Lille, la première semaine de juin. Elle venait face à moi, son vieux père à son bras. Elle portait des spartiates rouges, à fines brides entrecroisées. Il s'aidait d'une canne courbe. Je les ai aperçus de loin. Et je l'ai reconnu. C'était lui, vraiment. Le grand homme qui errait près des tombes. Il parlait, penché vers elle, et elle hochait la tête. J'ai baissé les yeux. Je n'ai pas osé croiser leurs regards. Ils sont passés à me toucher, dans la foule du samedi matin. La canne était en châtaignier brun. Elle frappait le sol à coups réguliers et profonds. J'ai toujours été ému par les anciens. Celui-ci était beau. Le mot *impressionnant* m'est venu aux lèvres. Un homme grand, massif, à peine voûté par l'âge. Son visage semblait une écorce de chêne. Il avait les yeux clairs et un désordre épais de cheveux blancs. Il fumait. Après leur passage, je me suis retourné. J'ai observé Lupuline et son père. Le vieil homme boitait. Il traînait la jambe gauche. Un instant, ils se sont arrêtés. Elle parlait, maintenant. Il a regardé sa fille, tapotant les pavés de sa canne. Et ils sont repartis.

Et moi j'ai frissonné.

J'ai sorti un carnet. J'ai toujours un carnet de notes. Une manie de journaliste. Reporter d'occasion, j'ai pris l'habitude de séparer les faits et les sentiments. Lorsque j'interrogeais le nouvel instituteur d'un village, j'inscrivais ses réponses sur la page de droite. Page de gauche, je décrivais les yeux du jeune homme, sa fébrilité, son inquiétude, son pantalon de velours un peu court, son pull rayé de bleu, ses cheveux en épi, ses lunettes larges. Je ne m'en servirais pas pour rédiger l'écho titré « Un nouveau maître nous vient de Bretagne ». Mais je savais que ce velours, ces lunettes et ce regard m'aideraient ailleurs. Je savais que ces observations page à page construisaient une humanité. Je savais que j'en aurais besoin un jour, plus tard, lorsque mes mots iraient à la rencontre d'autre chose que des phrases de papier journal.

J'ai ouvert mon carnet, adossé à un mur. Il faut que j'écrive sur l'instant, vite, toujours. Ne pas laisser s'échapper un vertige. Sur la page de gauche était écrit « un vieil orme en hiver », « une personne trop fragile apeurée par la rue », « l'aube pâle qui cadavre le teint ». Des mots de contrebande, venus d'ici, de là, qui sommeillaient en attendant de prendre leur place. Sur la page de droite, j'ai écrit « Lupuline et son père. Croisés rue de Béthune, le mardi 4 juin 2003 ». Et juste un mot sur celle de gauche : « Ils s'éloignent encore. »

5.

Lupuline Beuzaboc est revenue me voir le 15 juin 2003. Elle portait des mocassins vernis rouges à mors en cuir noué.

— Mon père voudrait vous rencontrer.

— Vraiment ?

Elle s'est excusée. Toutes ces semaines sans faire signe. Elle m'a expliqué sa réticence. Son père avait parlé de la biographie familiale comme d'un « attrape-nigaud ». Il avait dit que s'il voulait écrire un livre, il le ferait. Qu'il n'avait pas besoin de « je ne sais quel écrivaillon » pour mettre ses souvenirs en forme.

— Ecrivaillon ?

— Ça a été son mot, a répondu Lupuline.

Elle a raconté que quelques jours après ce refus, il avait lu une de mes annonces dans un journal gratuit. Et le texte l'avait mis très en colère.

— Quelle annonce ?

— Celle où vous parlez de postérité.

La publicité disait : « Fini, le privilège des célébrités. Tout homme peut passer à la postérité, ne serait-ce que pour ses proches. » Je n'en étais pas fier, mais pas honteux non plus. Tescelin Beuzaboc a demandé à sa fille pourquoi elle avait brusquement besoin de postérité, de privilèges. Il était glacial et pâle. Il a dit que tout cela empestait l'épitaphe. Il a même parlé de cérémonie funèbre. Puis il a froissé le journal et l'a jeté sur la table. Lupuline a protesté. Elle a répondu que c'était une belle idée, un cadeau plein d'amour. Elle a parlé de mémoire familiale et de fierté. Mais son père a quitté la pièce.

— Et aujourd'hui, il veut me rencontrer ?

— Oui.

J'ai ressorti le carnet « Beuzaboc » de la boîte aux oublis, relu la première phrase. « Elle dit être confuse. » Et aussi les pages rapides griffonnées l'automne dernier. Père cheminot, résistant, dédaigneux des hommages. La chambre de Lupuline, les histoires qu'il lui racontait au moment du sommeil, le globe lumineux sur la bibliothèque.

— Comment vous a-t-il annoncé ça ?

— Tout simplement.

— C'est-à-dire ?

— Il a dit : finalement, je veux bien le rencontrer.

J'ai noté « Finalement » sur la page de droite. Et le sourire de Lupuline sur la page de gauche.

— Pourquoi a-t-il changé d'avis ?

— Il n'a pas changé d'avis. Il veut seulement voir.

— Voir quoi ?

— Il est curieux de vous, je crois, a-t-elle répondu.

Je ne savais plus si je devais accepter. Beuzaboc était compliqué, réticent, hostile. Entrer en biographie est un instant solennel. La première rencontre. Cette gêne. Cette émotion. Le premier regard. Les premiers mots offerts. Et puis quoi, d'ailleurs ? Lui dire quoi, à Beuzaboc ? « Avec moi, votre vie deviendra œuvre de patrimoine » ? Déjà, j'imaginais ses yeux, son sourire amusé. J'entendais son silence. Et aussi celui de mon père. Comment aurait-il réagi, Pierre Frémaux, à la venue d'un étranger ? Le réseau *Vengeance* ? Ma vie ? Mon combat ? Mes joies et mes doutes ? De quel droit ? De quel droit, monsieur le biographe ?

Je suis resté tout ce temps lèvres closes. Pourquoi raconter cela ? Et pourquoi à vous ?

— Lundi 17 heures aux 3 Brasseurs, cela vous irait ?

Lupuline avait ouvert son agenda. J'ai inscrit *Beuzaboc* sur le mien, et le nom de la brasserie lilloise. Elle m'a dit qu'elle serait là pour nous présenter l'un à l'autre. Et puis qu'elle partirait. Elle a sorti un chéquier de son sac. J'ai arrêté son geste. On ne paye pas une prise de rendez-vous. Elle s'est levée. Sur la page de gauche, j'ai écrit « elle porte encore des chaussures rouges ».

— J'aimerais tant qu'il accepte, a souri Lupuline en me tendant la main.

*

Assis, Tescelin Beuzaboc était encore plus imposant que debout. Il n'avait pas enlevé son manteau. Il était penché sur la table. Lupuline nous avait présentés rapidement. Sourire courtois. Poignée de main. Elle a déposé un baiser sur la tempe de son père, m'a fait un signe et elle est repartie.

Il a commandé une bière ambrée. J'ai pris une blonde artisanale. Puis il m'a observé par-dessus ses lunettes. Longuement, patiemment, à regards tranquilles.

— Vous écrivez donc la vie d'un autre.

Voix de bière, de fumée et de temps.

— J'écris la vie des autres.

— Pourquoi ?

Je me souviens avoir souri. Quelle étrange question. Je m'attendais au comment des choses, pas au pourquoi. Alors je lui ai parlé. Mon métier de journaliste, tous ces êtres croisés que je voulais savoir. Il se taisait, fronçait les sourcils comme celui qui écoute sans entendre vraiment. Puis il a détourné les yeux. Il a hoché la tête. Il avait sur les lèvres les traces d'un sourire. Il s'est levé. J'ai repoussé ma chaise. Je lui ai tendu la canne tombée à ses pieds. Dans la lumière blonde et bois de la brasserie, son visage était cuivre. Il n'a rien dit. Sur le trottoir, il m'a tendu la main et puis il est parti.

*

Depuis toujours, je recherche les mots. Je les veux au plus près, au plus pur, au plus nu. En rentrant chez moi, j'ai essayé d'écrire la peau de Tescelin Beuzaboc. Une fois écarté le « parcheminé » et le « buriné », que restait-il ?

Comment décrire l'épais d'un cuir, les rides profondes, les griffures de la vie ? Ce soir-là, j'ai cherché les images qui le disaient le mieux. J'ai trouvé des formules, mais c'étaient des formules. Des tournures. Des standards qui m'écartaient de lui.

A son regard, à son attention, à sa poignée de main, j'ai su que Beuzaboc allait devenir mon client. Et s'il acceptait de l'être, il me fallait en être digne. C'est pour ça que j'essayais de le décrire. J'ai trouvé quelques pistes pour sa démarche, sa taille, ses cheveux blancs et lourds. J'ai approché l'éclat de son regard, son sourire ombré, ses mains immobiles, mais pas sa peau. Elle aurait pu être une argile sans eau, l'écorce d'un vieil arbre ou la mue d'un reptile.

Je suis sorti au crépuscule. Je marche parfois la nuit pour recueillir un mot. J'ai regardé le ciel au-dessus de la grand-place. Un ciel de juin avant l'orage. Je me suis demandé si je pouvais écrire le ciel sans autre mot que *ciel*. Comment décrire cet état de lumière. Comment approcher l'évident, le simple, des feuilles qui frissonnent. Parce qu'écrire « frissonner », c'est déjà s'éloigner de la feuille. Elles ne frissonnent pas, les feuilles. Elles font tout autre chose que ce qu'en dit le vent. Elles ne bougent pas, ne remuent pas, ne palpitent pas. Elles feuillent. Voilà. Elles feuillent, les feuilles. Elles font leur bruit, sans autre mot. Et le ciel, il nuage. Je me suis dit qu'un matin, au réveil, il me faudrait pour Beuzaboc quelque chose de Tescelin. Ne pas le dégrader par un prêt-à-écrire, mais prendre ses mesures et coudre un mot pour lui.

J'espérais que Lupuline me rappellerait. L'entretien avec son père n'avait pas été chaleureux, pas désastreux non plus. J'avais aimé sa façon de m'écouter, de me regarder, de me saluer.

6.

J'ai revu Lupuline cinq jours plus tard. Lorsqu'elle est entrée dans mon bureau, j'ai noté « Salomés rouges, brides aux chevilles et talons carrés ». Tescelin Beuzaboc l'avait appelée le lendemain de notre rendez-vous aux 3 Brasseurs, me trouvant « plutôt émouvant ». Il avait réfléchi toute la nuit avant de téléphoner à sa fille. Il acceptait le cadeau. Mais il se réservait le droit d'arrêter tout, à tout moment. Il souhaitait que les entretiens se déroulent chez lui. Un par semaine, le mardi de 16 à 17 heures et il ne voulait pas dépasser une quinzaine de séances. Il refusait d'être filmé ou enregistré. Il avait aussi insisté pour pouvoir fumer en ma présence. Lorsqu'il a demandé à Lupuline quel était le coût d'un tel cadeau, elle a répondu que la mémoire n'avait pas de prix.

— C'est bien toi qui l'auras voulu, a murmuré son père en raccrochant.

Avant de quitter mon bureau, Lupuline a insisté pour payer quelques séances d'avance. La première serait gratuite. Elle a fait un chèque pour les deux suivantes. Elle tenait à ce que les comptes soient faits.

— Une chose encore, quel serait le coût de fabrication ?

Je lui ai tendu un dépliant banal. Pour deux cents pages brochées et quinze photos couleur, avec relecture par un secrétaire d'édition, correction, mise en pages et impression, il fallait compter 22 euros l'exemplaire.

Lupuline a noté ces chiffres. Puis elle m'a tendu la carte de visite de son père, avec un numéro de téléphone. J'ai froncé les sourcils.

— Ghesquière ?

— C'est notre nom.

— Et Beuzaboc ?

— Mon père vous racontera, a souri Lupuline.

*

Je suis arrivé à 16 heures précises, le mardi 24 juin 2003, pour la première séance. Le vieil homme m'avait ouvert mais ne m'a pas serré la main. Il avait une chemise et un pantalon de lin froissé. Son dos était taché de sueur. Il est retourné dans le salon sans un mot, appuyé sur sa canne, m'obligeant à refermer la porte d'entrée et à le suivre.

Il faisait chaud partout. Dans la ville, l'ombre était tiède et l'air épais. Chez Beuzaboc, les fenêtres étaient ouvertes mais les volets fermés. Un long couloir, trois portes closes. Une grande salle déserte au parquet harassé. Une table large et lourde en lattes de chêne, quatre chaises, un fauteuil de cuir brun, un guéridon bas, un lampadaire à l'abat-jour grenat.

— La table vous ira ? m'a demandé le vieil homme.

— Ce sera parfait, j'ai répondu.

— Avez-vous assez de lumière ?

— Merci, oui.

Tescelin Beuzaboc est sorti de la pièce. J'ai tiré une chaise avec précaution. Je me suis assis, ouvrant mon cartable et disposant devant moi mon carnet noir à élastique, un carnet à spirale et deux stylos. Un rouge, un noir, alignés avec l'angle formé par les rainures du bois. Puis j'ai enlevé ma montre et l'ai posée à droite du stylo noir, rectifiant deux fois sa position pour parfaire le parallèle. Je n'y faisais plus attention. C'était une habitude, une manie d'enfance. J'avais besoin de créer une géométrie rassurante. Avant même la première question, il me fallait cette harmonie. Puis j'ai sorti un stylo de ma poche et inscrit la date sur mon carnet, entourant le mot « première séance » d'un cercle au stylo rouge. Lorsque le vieil homme est revenu, je notais la lumière dorée qui poudrait les volets. Beuzaboc m'a offert une bouteille d'eau, un verre, puis a posé une cigarette sur le guéridon. Une seule, c'était son habitude, rangée dans un étui en métal rouge et blanc.

— Le jour où je passerai à deux, ce sera mauvais signe.

Il s'est laissé tomber dans le fauteuil, sa canne entre les jambes.

Ensuite, rien. Nous nous sommes regardés. J'observais Beuzaboc comme un peintre son modèle avant le premier trait. Beuzaboc me dévisageait.

Dans l'obscurité de la pièce, il m'a trouvé vieux. Il m'a vu poussiéreux et inquiet. C'est Lupuline qui me l'a dit. Elle lui a soufflé que j'étais toujours habillé en automne et aujourd'hui encore, dans ce jour étouffant, j'avais un pantalon de velours, une chemise terne et une veste molle. Beuzaboc a souri. Un peu, un éclat de lèvres. Il semblait se dire que voilà. Voilà donc l'homme qui écrirait sa vie. Je n'avais pas l'air d'un mauvais gars. Juste un passant égaré là, dans cette ville, dans cette rue, à cette table. Beuzaboc a aussi remarqué ma montre et mes stylos. Sa femme se relevait la nuit pour fermer un placard. Lorsqu'un bibelot était déplacé sur la commode, même d'un souffle, elle le savait d'instinct. J'ai bu mon verre. J'ai relu mes notes dans le silence encombrant. La sueur perlait à ma tempe.

— Vous pouvez enlever votre veste, a murmuré le vieil homme.

Je l'ai enlevée, pliée soigneusement et l'ai posée sur la table.

— Comment procède-t-on ? a demandé Beuzaboc.

— Habituellement, les gens parlent. Ils se racontent et je les aide. Je pose des questions, je fais préciser une anecdote, je remets les souvenirs en ordre.

— Habituellement ?

— Oui, c'est ma méthode de travail.

— Et avec moi, comment allez-vous faire avec moi ?

J'ai dit que je n'avais pas beaucoup de choix. Que l'écriture d'une biographie était une rencontre. Un échange. On me prêtait une vie et moi j'offrais des mots. Il fallait aussi que quelque chose se passe. Ce n'était pas de l'amitié, mais une émotion entre la cordialité et la confiance. Des secrets sortis de leur boîte, qu'il faudrait que j'apprenne à détenir aussi. J'ai expliqué que je n'étais ni psychologue ni confesseur, que je mettais simplement mon ancienne pratique de journaliste au service d'une vie privée.

Le vieil homme a allumé sa cigarette. Il se taisait. Du désagréable errait dans la pièce. Je connaissais bien ce poison, ce regard, cette attente immobile. Il s'est resservi de l'eau. J'ai perçu la méfiance. J'étais découragé. Je pensais que Lupuline avait dégagé le ciel. Que son père était prêt. Que notre rencontre à la brasserie avait achevé de le convaincre. Et voilà qu'il me fallait expliquer à nouveau. Reprendre mot à mot le grand pourquoi des choses. Me voilà qui racontais mon métier, mes attentes. Me voilà en train d'essayer de convaincre. Je parlais. Moi seul. J'ai raconté mon enfance. Mon père sans confidences, ma mère sans profession, mon frère sans yeux. J'ai avoué ma solitude, expliqué ma stérilité, mon aspermie et mon divorce. Je me suis servi de l'eau, j'ai regardé l'heure et remis la montre à mon poignet.

Il était plus de 17 heures. J'ai eu un geste désolé. J'ai rangé mes stylos et mes carnets dans le cartable. J'ai soigneusement déplié ma veste avant de l'enfiler. Beuzaboc était toujours assis. Il s'est levé, aidé par sa canne. Je l'ai trouvé immense, même voûté, même silencieux, même immobile. Et puis il est sorti de la pièce. A la porte, sur son seuil, il m'a encore regardé, m'a souri, puis tendu la main en disant :

— A mardi.

7.

Dimanche 10 novembre 1940. Tescelin Beuzaboc et deux amis cheminots ont quitté Lille pour le village d'Annequin. Quarante-huit kilomètres de pluie et de plein vent. Ils ont roulé à vélo. Ils ont fait des haltes. Ils avaient décidé de passer la nuit à Béthune, chez un compagnon de la classe 37. Ils voulaient arriver au cimetière le lendemain, et au petit jour. En attendant l'aube, ils ont bu, beaucoup. Et ils ont reparlé de la défaite, de la débâcle, du désastre.

Six mois plus tôt, le 10 mai, à 6 heures du matin, ils entraient en Belgique avec les hommes de la VIIe armée française. Le 12, au sud de la Hollande, ils étaient au contact de l'Allemand. Ils se sont bien battus, et puis ont perdu pied, de canal en fleuve, de fleuve en plaine, reculant sous le feu encore et encore, mêlés au désordre harassé des civils. Le 16 mai, l'ordre de repli général était donné. Beuzaboc partageait des oignons et quelques croûtons au bord de la route avec des Hollandais, des Belges, des apeurés comme lui. Et puis la tenaille allemande s'est refermée. Le général Giraud a été fait prisonnier. Le deuxième classe Beuzaboc s'en est tiré. Le soir même, une attaque aérienne a séparé la poignée de fuyards. Trois avions ont pris la route en enfilade pour mitrailler un pont de pierre. Ils volaient si bas que les arbres en tremblaient. Beuzaboc s'est jeté à droite du pont, ses deux copains cheminots à gauche.

Voilà. Il s'est retrouvé seul.

Pendant la nuit, il a abandonné son fusil sous un fagot, contre le mur d'une grange, et jeté ses cartouchières dans un étang. Il s'est aussi débarrassé de son casque et de sa baïonnette. Le lendemain, à la sortie d'un village, il a rencontré un soldat belge qui avait fui un train bombardé. Il errait. Le Français gardait un saucisson entier dans sa musette. Le Belge dissimulait un paquet de cigarettes sous sa vareuse. Les deux vaincus ont marché ensemble pendant cinq jours.

Après l'armistice, Beuzaboc a retrouvé les deux camarades qui avaient choisi l'autre côté du pont.

Et c'est avec eux qu'il pédalait sous la bourrasque, ce lundi 11 novembre 1940 au matin, lorsqu'ils ont repris la route d'Annequin.

— Vous souvenez-vous du nom de ces deux amis ?

Beuzaboc m'a regardé comme s'il ne comprenait pas la question.

— Ces deux amis ?

— Les deux à vélo avec vous, vous vous en souvenez ?

Le vieil homme a pris la cigarette dans l'étui métallique posé sur le guéridon et l'a allumée. Il m'observait. Il y avait dans son regard un éclat désorienté. Il s'en souvenait. Bien sûr, il s'en souvenait. Il m'a demandé comment un homme aurait pu oublier deux compagnons d'armes, d'assaut, de combat, de fierté, puis de retraite, puis de déroute, puis de défaite. Bien sûr, qu'il les voyait encore, pédaler avec lui sous la pluie, l'un derrière l'autre, casquette basse et bouche ouverte. Plus tard, bien après, quand il serait entré en résistance, ses compagnons d'armes ne seraient plus que des noms de code, des pseudonymes, des anonymes, mais ce jour-là, sur cette route-là, ces jeunes hommes avaient encore le nom de leurs pères. L'un s'appelait Constant Deloffre et l'autre Georges Maes. Deloffre a même crevé un pneu après Beuvry.

J'écrivais. Je notais chaque mot. *Deloffre*, *Maes*, *Beuvry*.

— Vous allez vous perdre dans les détails, a murmuré le vieil homme.

J'ai relevé la tête en souriant. Je ne me servirais pas de tous ces éléments. J'ai expliqué que pour raconter une histoire, je devais connaître le motif d'une toile cirée sur une table de cuisine. Je devais entendre les gestes et regarder les mots. Et plus j'aurais de couleurs, et plus j'aurais de musique, et plus le livre serait vivant.

— Même une crevaison à vélo ?

La deuxième séance avait commencé par une belle poignée de main. Beuzaboc avait posé l'eau sur la table, son porte-cigarettes sur le marbre du guéridon et parlé avant même de s'asseoir. Il racontait bien. Tellement que je me surprenais à recopier des phrases entières sans en perdre un seul mot. Le vieil homme a très peu évoqué son enfance, sa mère morte lorsqu'il avait treize ans. Son père, cheminot lui aussi. Lupuline avait insisté pour que le livre ne soit pas le récit d'une vie, mais le témoignage d'une résistance. Elle voulait les histoires que Tescelin racontait dans sa chambre.

— La Résistance… a souri le vieil homme en se calant dans son fauteuil.

Et puis il a raconté le voyage à vélo. C'est comme ça que commencerait sa biographie. J'en étais certain. La pluie en rafales, le vent en tempête, ces trois-là qui peinaient sur une route de novembre. Ils ne voulaient pas monter l'opération chez eux, trop près de Lille, là où ils avaient leurs habitudes. Alors le gars de Béthune leur a parlé du cimetière municipal d'Annequin. Il a aussi proposé de les héberger à la cité cheminote pour la nuit. Le temps d'une halte, d'une douche, d'un repas chaud, de quelques verres. Et aussi pour rafraîchir les fleurs.

Beuzaboc a raconté qu'ils étaient arrivés à Annequin à 8 heures, le 11 novembre 1940. Un peu avant le village, ils ont couché les vélos dans un fossé et se sont éloignés de la route pour un bosquet. Deloffre cachait le bouquet de fleurs dans la sacoche de son vélo. Une poignée fatiguée de cyclamens roses, frisés, liserés de pourpre. Maes, lui, portait un petit drapeau français enfoui sous sa chemise, entre la peau et le maillot. Il l'avait gardé d'une fête foraine d'avant guerre, parce qu'il conservait tout. Beuzaboc avait fabriqué un fanion anglais et l'avait roulé dans sa chaussette, autour d'un mât en tige d'acier. Les proportions du drapeau étaient fantaisistes. La croix rouge médiane de Saint-George était aussi large que la croix oblique de Saint-Patrick. La croix blanche de Saint-André semblait famélique et le bleu du fond était plus près du ciel que de l'outremer.

— C'est quand même l'Union Jack, a rassuré Deloffre.

— Non, c'est le drapeau de l'Union. On l'appelle l'Union Jack seulement lorsqu'il est en mer, a répondu Beuzaboc en souriant.

De la poche de sa veste, il a sorti un billet de papier qu'il a piqué sur l'acier du mât. Dessus, quelques mots au crayon noir. C'était son écriture.

Fidélité à nos amis anglais.
Signé : 3 jeunes Français.

La pluie avait cessé. Beuzaboc a lié les deux drapeaux au bouquet à l'aide d'un ruban blanc. Ils ont repris leurs vélos. Le village était désert, l'église fermée et la grille du cimetière ouverte.

— A gauche de l'allée centrale, avait indiqué le cheminot de Béthune.

Beuzaboc, Maes et Deloffre ont remonté le chemin à pas rapides. Les tombes étaient là. Huit stèles arrondies de pierre grise, fichées dans le gravier. Huit soldats britanniques, tombés sur cette terre durant la Grande Guerre. Les jeunes hommes ont pris la deuxième tombe. Au hasard. La sépulture d'Albert Osborne, matricule 59390, artilleur de vingt-deux ans mort au combat le 6 juillet 1915 sous l'uniforme du 9e bataillon de la Royal Field Artillery. Une femme était un peu plus loin, foulard sur la tête, qui nettoyait un caveau des dégâts de la pluie. Elle a regardé les garçons. Ils avaient enlevé leur casquette. L'un d'eux s'est agenouillé pour poser le bouquet sur le gravier. *« Rest in peace. »* Ils ont salué longuement la croix gravée. Militairement. Une, deux minutes peut-être, les doigts à la tempe. Un chien aboyait au loin. Personne aux fenêtres des maisons de brique. La femme s'est relevée. Elle s'est immobilisée à son tour, s'est redressée, son arrosoir à bout de main, inquiète, ou émue. Puis ils ont remis leur casquette et sont remontés à vélo.

J'ai relevé la tête. Mon père me hantait. J'entendais sa voix frêle, je voyais ses drapeaux, la panthère rouge. Machinalement, Beuzaboc a tendu la main vers le guéridon. Il avait déjà fumé la cigarette. Alors il a passé les doigts dans ses cheveux blancs.

— Ça a été mon premier acte de résistance, a dit le vieil homme.

Il souriait pensivement.

— Je suis très fier de ce geste. Pour moi, c'est le plus beau. Mais Lupuline n'a jamais été très intéressée par cette histoire de fleurs d'automne. Elle trouvait ça *mignon.* C'était son mot, et c'était tout. Je me souviens. Elle voulait que je raconte la suite. Que je raconte tout. Elle disait que la guerre ne se faisait pas avec un vélo. Elle voulait de la dynamite, comme dans *Le Père tranquille*. Un jour, elle m'a même dit que cette histoire ne comptait pas pour de la résistance. Alors j'ai raconté la dynamite.

Il s'est levé difficilement, s'aidant de sa canne et de l'accoudoir du fauteuil, jambe gauche tendue devant lui. L'heure était passée. Il semblait fatigué. Il m'a regardé rassembler mes affaires.

— Et vous, pensez-vous que ce geste était de la résistance ?

J'ai levé les yeux. J'étais étonné par la question.

— Il en est à la fois l'ébauche et l'aboutissement.

Beuzaboc s'est redressé.

— Je vous remercie, m'a répondu le vieil homme.

Je reconnaissais cet instant. J'aimais en goûter chaque seconde. Un client venait de parler pour la première fois. Il entamait son parcours de sérénité. Tout me restait encore à entendre et à écrire, mais un pas avait été franchi. Je savais, d'instinct, que Tescelin Beuzaboc continuerait l'expérience. Je savais qu'ensemble, nous écririons ce livre. Je savais qu'entre le vieil homme et moi une fragile passerelle avait été jetée. Mais il me faudrait avancer prudemment, respectueusement, élégamment, même.

Beuzaboc m'a tendu la main, mais ne m'a pas raccompagné.

Je suis ressorti dans la chaleur de juin. J'ai fermé les yeux et respiré en grand. Tout à l'heure, je vivais de pluie et de froid sur un vélo de guerre. Ça y était. J'avais la première phrase de la biographie. « Novembre. C'était novembre, et il pleuvait sur nous. » Non. Trop solennel. Il fallait dépouiller chaque mot. « C'était novembre, et il pleuvait. » Les élaguer encore. « Il pleuvait. C'était novembre. » Les tailler davantage. « Novembre, et il pleuvait. » Voilà. C'était ça. Je me suis arrêté à un angle de rue. J'ai sorti mon carnet noir à élastique et écrit cette phrase avant de la souligner. « Novembre, et il pleuvait. » J'étais soulagé. Presque heureux. Lupuline m'avait demandé de la rappeler. Je le ferais demain. Je voulais pour l'instant ne garder de tout cela que les mots de son père.

Place Rihour, j'ai lu la phrase gravée sur le monument aux morts de la Grande Guerre. « Aux Lillois, soldats et civils, la cité a élevé ce monument afin de rappeler au cours des siècles l'héroïsme et les souffrances de nos enfants morts pour la paix. » J'ai revu mon père, relevant le gamin qui jouait sur le mémorial. Il marchait à mes côtés. Je le retrouvais, trompette baissée. Je l'écoutais. Je l'entendais enfin. J'ai souri. J'étais ému. J'avais au ventre une morsure de fierté.

8.

« Et nous avons remis nos casquettes. Nous nous sommes dirigés vers la grille. La femme à l'arrosoir nous observait toujours. Maes est passé devant, puis Deloffre et puis moi. Je n'ai pu résister à l'envie de me retourner. Sur la tombe, notre bouquet avait un air de courage. Le vent agitait nos fleurs. Novembre, et il pleuvait. Nous avons pédalé le long du cimetière, dans le bourg silencieux, dans la campagne morte. Je ne sais pas ce que pensaient mes compagnons, courbés, vent de face, leurs visières à tordre et le visage fouetté. Mais moi, je me souviens. Je riais. Je pédalais au rythme des marches guerrières qui labouraient ma tête. J'étais redevenu un homme, un soldat. Je savais que je résisterais désormais. Je résistais. »

Tescelin Beuzaboc était assis dans son fauteuil. D'une main, il tenait les premières pages. De l'autre, il balayait la jambe de son pantalon à la manière d'une époussette. Il lisait tête basse, visage grave, sans un mot. J'étais debout, devant lui. Puis il m'a tendu les feuilles. Dans la pièce, l'air était brûlant. Je suis retourné à la table, interrogeant le vieil homme du regard.

— C'est bien, a répondu Beuzaboc.

— C'est fidèle.

— Si vous voulez. Je préfère dire que c'est bien.

— On continue alors ?

— Je continue donc, a répondu le vieil homme.

J'ai été désorienté par notre troisième séance. Tescelin Beuzaboc a raconté la guerre, mais ne m'a rien dit de lui. Il parlait, le menton sur ses mains et les mains sur sa canne, comme un vieil homme converse sur un banc de village. C'était trop général, trop dense, sentencieux même. Au détour d'une longue parenthèse, il avait parfois une phrase que j'entourais de rouge. « Ici, on s'est toujours battu pour le pain. Quand la guerre a éclaté, on s'est battu pour le pain et contre le Boche. » Mais c'était tout.

Il a raconté en vrac, en désordre aussi, au gré de sa mémoire et de ses envies. La tradition anglophile de la région, forgée aux épreuves de la der des ders, 1916, l'enfer de la Somme, les luttes cheminotes. Il a parlé de l'entre-deux. Du charbon vendu au seau dans les rues de Lille, de la « boîte à ragoût » – l'emballage cylindrique des masques à gaz – qui servait aux dames de sac à provisions. Il a dit le temps tué jour après jour durant la drôle de guerre. Le théâtre aux armées, les matchs de football entre les soldats français et les *tommies*. Et l'invasion, la défaite. Le statut particulier du Nord et du Pas-de-Calais sous l'Occupation, la peur de l'annexion, la zonc interdite, le rattachement de ces populations au commandement militaire allemand de Belgique. Il m'a expliqué la *germanité* que Hitler prêtait à cette province. Il m'a parlé de l'Opéra de Lille grimé en théâtre allemand.

Beuzaboc s'éloignait de notre livre. Deux fois, j'ai essayé de le ramener. De lui trouver une place dans cette fresque, de l'éclairer lui seul, au milieu de ces foules qu'il mobilisait pour moi. Deux fois, il n'a pas semblé m'entendre.

— Notez, ça vous servira certainement, a lâché le vieil homme après avoir épelé pour rien le nom de Karl Niehoff, général allemand responsable des deux départements nordistes à partir de juillet 1940.

— Juillet 1940, notez.

Il faisait de plus en plus chaud. Malgré la fenêtre ouverte et les volets clos, l'air était dense comme une matière épaisse. J'avais presque fini ma bouteille d'eau et lui n'avait pas touché sa cigarette. J'assistais à une séance pour rien. Longuement encore, il m'a expliqué que nulle part ailleurs en France, la présence militaire allemande n'avait été plus importante. Les villes, les villages, les hameaux, l'occupant était partout. Tout avait été réquisitionné. Au-delà des garnisons, des bâtiments officiels, des mairies, des casernes ou des hôtels, certains officiers imposaient leurs quartiers privés dans les maisons bourgeoises. Des hommes du rang cantonnaient chez l'habitant. Modestes logements, fermes agricoles, chaque porte était déclarée ouverte. Il n'était pas rare de voir un *feldgrau* poser pour une photo de famille ou accompagner un couple de Français et son enfant en promenade, le dimanche après-midi.

J'étais sans veste. J'ai sorti un mouchoir de ma poche pour m'essuyer le front et Beuzaboc s'est arrêté de parler. Il semblait contrarié. Il a allumé sa cigarette. Notre heure était passée. Tandis que je rassemblais mes notes, le vieil homme m'observait par-dessus ses lunettes.

— Quelque chose ne va pas ? a-t-il demandé.

J'ai souri. J'ai secoué la tête. Il m'impressionnait toujours. Le mot *déception* heurtait mes lèvres mais je n'ai pu le dire. Il fallait retrouver le chemin. Avec précaution, je lui ai expliqué que ce qu'il m'avait offert aujourd'hui ne trouverait pas forcément sa place dans notre ouvrage. Que tout cela était un peu trop général. Qu'il fallait en revenir à lui et à sa propre guerre.

Il expirait la fumée. Il a tapoté légèrement sa canne de la main.

— Je suis le personnage, mais il vous faut un décor.

— Je ne vous vois pas dans ce décor.

— C'est-à-dire ?

— Quel était votre état d'esprit, par exemple ?

— Quand ?

— A l'été 1940.

— Il n'y avait plus ni Etat ni esprit, a répondu Beuzaboc.

J'ai souri à la formule. Il ne souriait pas.

— Vous êtes comme Lupuline. Lorsqu'elle était enfant, elle s'est vite lassée de l'histoire de la tombe anglaise. Elle voulait quelque chose de plus impressionnant, de plus grand. Elle me confondait avec l'acteur Noël-Noël.

Il m'a regardé.

— Vous connaissez Noël-Noël ?

— *Le Père tranquille* ?

— C'est ça. *Le Père tranquille*. Elle me confondait avec le père tranquille. Vous m'écoutez ?

— Je vous écoute avec beaucoup d'attention.

— Mais vous voulez toujours en revenir à moi.

— Parce que c'est votre biographie.

— C'est aussi une aventure collective. Je ne veux pas parler de moi pour moi, comme s'il n'y avait eu rien ni personne autour. Vous comprenez ?

— Je comprends.

— Je ne me glorifie de rien, je ne réclame rien. Je n'ai jamais demandé ni honneur, ni médaille. Vous comprenez ça ?

Je retrouvais les accents de mon père.

— Je comprends parfaitement.

— Vraiment ?

— Je suis très respectueux de votre attitude.

— Pas de politesse, s'il vous plaît. Laissez-moi aller à mon rythme. Je ne veux pas regretter ce que je suis en train de faire.

*

— Il vous aime bien, a souri Lupuline.

— Vous croyez ?

— Je le sais.

Elle était passée à mon bureau. Comme ça, une visite courtoise. Je venais de lui raconter la troisième séance. Je lui ai dit qu'après son père, j'étais rentré chez moi tout triste. Je n'avais pas pu écrire, ce soir-là. J'avais labouré mes notes pour rien. J'enrageais. J'avais quitté l'histoire avec trois gamins magnifiques, roulant en riant sous une pluie de novembre. J'avais quitté le bouquet posé sur la pierre, les petits drapeaux, le message enfantin, les nuages vert-de-gris. Et puis quoi, après cela ? Quoi, la page suivante ? La bataille de la Somme ? La grande grève cheminote de mai 1920 ? Que faire lire à Beuzaboc la semaine suivante ? Comment le ramener à lui et à lui seul ? Il se perdait. Je me perdais.

Lupuline souriait toujours. Elle connaissait cette pensée vagabonde. Ces histoires infinies et tous ces mots en trop. Elle a réfléchi un instant, cherchant un éventail dans son sac. Et puis elle m'a parlé.

Adolescente, elle avait noté dans son journal cinq aventures de son père résistant. Les cinq plus grandes, vraiment. Cinq honneurs de sa vie d'homme qu'elle lui réclamait en se mettant au lit. Alors voilà. Elle a proposé de me prêter son secret. Une trentaine de pages, qui racontaient la guerre de Tescelin Beuzaboc. Lupuline s'est rapprochée. Elle avait conservé tout cela pour écrire un livre. Elle avait quinze ans. « La guerre de mon père ». Marcel Pagnol lui avait murmuré le titre. Puis elle a essayé d'écrire. Et elle a essayé. Et les jours ont passé. Et elle a essayé, encore. Raturant, déchirant, rageant, et renonçant plus tard comme on baisse les bras. Le livre de Lupuline est resté brouillon d'enfance, mais l'idée ne l'a jamais quittée. Souvent, elle a relu ces pages. Elle revoyait sa chambre, la clarté opaline du globe terrestre. L'ombre de son père, qui se levait dans la pièce pour l'occuper entière. Elle entendait sa voix. Elle se voyait sombrer, chavirer puis dormir, tandis qu'il sifflait le bruit d'une mèche frottée de salpêtre. Chaque fois qu'elle refermait son journal, Lupuline regrettait de s'être arrêtée aux marges. L'envie d'écrire était passée, l'envie de lire était intacte. Pour que son journal parle, il fallait que son père raconte. C'est pour cela que la fille de Tescelin Beuzaboc avait fait appel à moi.

— Ce cahier pourrait vous aider ?

J'ai dit oui. Evidemment. Au plus vite. Avant la prochaine séance, même. Je voulais le lire avant de m'égarer. Lupuline le déposerait le jour d'après. Elle semblait à la fois pressée et émue. Elle m'a demandé de ne pas faire attention à l'orthographe. Ni au style, ni à rien. Juste, de ramasser les cinq chapitres comme des cailloux blancs dans la forêt perdue.

La fenêtre de mon bureau était ouverte. Lupuline s'éventait à hauteur des yeux. Elle portait une robe légère, des lunettes de soleil relevées en bandeau sur la tête. Je lui ai proposé de l'eau fraîche. Elle a bu. Elle m'observait. Le regard de son père.

*

Lupuline avait raison. Il ne fallait pas raconter la guerre de Beuzaboc mais cinq histoires seulement. Cinq petites merveilles de courage et de fierté. Cinq chapitres évidents, indépendants, simples à construire. Le premier serait consacré à la tombe anglaise. Dans son journal adolescent, Lupuline avait pris des notes et quelques libertés. La date était approximative, le cimetière n'était pas le bon, le nom du soldat ne correspondait pas au combattant honoré. Les jeunes résistants à vélo n'étaient plus trois mais sept et Beuzaboc avait passé un pistolet dans sa ceinture. J'ai ri. Le bouquet de fleurs de jardin n'était pas assez beau pour la gamine. La geste patriotique était devenue opération militaire. Et le retour si périlleux, que tous avaient bien cru mourir. La deuxième histoire racontait l'évasion d'un aviateur anglais, caché dans une ferme au sud-ouest de Lille en décembre 1940. Tescelin Beuzaboc avait vécu treize jours d'hiver, seul avec lui. Puis il l'avait emmené à Abbeville sur son vélo avant de traverser la Somme. Plus tard, des passeurs l'avaient conduit à Paris, puis à Bourges, et lui avaient fait franchir la ligne de démarcation pour Marseille et le consulat des Etats-Unis. En rouge, Lupuline avait noté l'âge du Britannique et son grade, mais pas son nom. Je voulais que Beuzaboc me raconte les jours passés seul avec cet homme traqué. La troisième histoire était terrible. Un soldat allemand abattu à Lille, en janvier 1941 par un commando de partisans. « Papa les commandait », avait écrit Lupuline. En représailles, dix otages avaient été fusillés et cinquante autres déportés. La quatrième histoire était pire encore. Un sabotage contre un train, au passage à niveau de l'entrée d'Ascq. « Papa commandait. » Encore. Cette même phrase, inscrite dans la marge. C'était le 1er avril 1944. Lupuline avait écrit : « Les Allemands se sont vengés pendant la nuit. Ils ont tué tous les hommes du village. » La dernière histoire racontait la blessure de Beuzaboc. La page du journal était entourée de noir, comme un faire-part de deuil. « Papa grièvement blessé à la jambe. » Lupuline avait tracé neuf points d'exclamation après cette phrase. C'était le 10 avril 1944. Un bombardement allié sur la gare de triage de Lille-Délivrance. Et aussi sur le dépôt, les ateliers, la cité ouvrière de Lomme. « 456 morts, 500 blessés. »

Trois fois, j'ai relu le cahier. Il y avait peu de faits, peu de dates. Des indignations d'enfant, des colères d'enfant, des fiertés d'enfant, beaucoup de mots trop grands. Mais l'important était là. Je disposais d'un canevas précieux et essentiel. Il faudrait que je parle de cela au vieil homme, et il comprendrait. Nous ne pourrions pas tout visiter, tout raconter. Il était impossible de tenir un journal de guerre. Nous ne referions pas un livre de plus sur l'Occupation, la Résistance, la saloperie des uns et la beauté des autres. Tout cela sommeillait déjà dans les bibliothèques. Je voulais Tescelin Beuzaboc, et lui seul. Sa tombe fleurie, son Anglais protégé, son soldat abattu, son village martyr et sa jambe blessée.

9.

Il faisait de plus en plus chaud. Ce n'était que notre quatrième séance, mais nous étions déjà convenus d'un cérémonial. Je sonnais, il m'ouvrait, me tournait le dos puis allait s'asseoir. Je refermais la porte de l'entrée. Beuzaboc était installé dans la grande pièce, son verre à la main. Sur le guéridon, il avait ouvert l'étui rouge et blanc, une cigarette glissée sous le rabat de métal. Nous avions chacun notre grande bouteille d'eau glacée. Je buvais lorsque j'avais soif. Il surveillait sa montre avec soin, remplissait son verre tous les quarts d'heure et buvait à petites gorgées précieuses. Lupuline avait installé un ventilateur sur pied dans un coin de la pièce et les volets étaient fermés tout le jour.

Il savait qu'il ne lirait rien cette fois-là. Je suis allé à la table et j'ai posé le cahier de Lupuline devant moi. Le vieil homme l'a vu et a eu l'air surpris. Il a hoché la tête.

— On va à l'essentiel, c'est ça ?

J'ai souri. J'aurais pu ne pas lui montrer le journal écolier, mais je voulais que cet écrit ait sa place dans notre travail.

— L'essentiel. C'est cela, n'est-ce pas ? a répété Beuzaboc.

— Nous allons essayer de revenir à notre sujet.

— A moi ?

— A vous.

Il semblait tendu. Il a allumé sa cigarette avant même ma première question. En silence, il m'a regardé feuilleter le cahier de sa fille. Il l'avait lu, il y a longtemps. Lupuline le lui avait offert, mais il l'avait refusé. Elle devait garder ces traces pour elle, et les enfants qu'elle aurait.

Le ventilateur brassait l'air chaud. Beuzaboc s'est servi un verre d'eau. Il se tamponnait le front avec le dos de la main.

— Vous me racontez le soldat allemand ?

Je lui ai demandé cela les yeux baissés, relisant les mots de Lupuline.

— Le soldat allemand, a répété Beuzaboc en reposant son verre.

— Ça s'est passé comment ?

Machinalement, le vieil homme a tendu la main vers l'étui vide. Il était contrarié. Il s'est resservi de l'eau. Il ne me regardait pas. Il avait le front vieux cuir. Il a bu, le regard perdu sur les volets clos. Et puis il a raconté.

C'était un matin de janvier 1941. Le 2, ou le 3, Beuzaboc ne se souvenait plus. Le début du mois, en tout cas. Il sait que c'était près de la gare de Lille, sur une place proche. Les ennemis étaient trois. Il se souvient d'eux pour les avoir observés longtemps. Ils étaient attablés en vitrine d'un café. Il faisait beau et froid. Un soleil blanc. Ils n'avaient pas d'arme. Leurs calots étaient posés sur la table. Ils fumaient. L'un d'eux avait même ouvert son col de vareuse à la manière d'une chemise de printemps. Beuzaboc lisait *Le Nouveau Journal*, dissimulé à moitié par un kiosque à journaux. Son vélo contre le mur.

— Vous étiez seul ?

Il n'était pas seul. Deux autres l'accompagnaient. Un cheminot et un lycéen qu'ils appelaient *Trompette*.

— Trompette ?

Je ne respirais plus.

— Oui, Trompette.

— Pourquoi ce nom ?

— Il imitait très bien le clairon, je crois.

— Vous croyez ?

— Oui. Il faisait la trompette avec sa bouche.

— C'est pour ça que vous l'appeliez trompette ?

— Oui, c'est pour ça.

Je me suis revu, marchant à grand bruit, le pouce entre les lèvres.

Lorsque les Allemands se sont levés, Beuzaboc et ses hommes ont traversé la place, poussant leur bicyclette à la main.

— Pourquoi ces soldats-là ?

Le vieil homme a levé les yeux. Il a enlevé ses lunettes.

— Pourquoi pas eux ?

— Mais pourquoi eux ?

— Ils étaient là au mauvais moment.

— Jeunes ?

— Je revois leurs uniformes, pas leurs visages.

Beuzaboc les suit. Trompette vient derrière et derrière encore, le cheminot. Les soldats ont remis leurs calots. Dans leur dos, passée sur le ceinturon, une dague bat leur cuisse gauche. L'un d'eux a la courroie de son appareil photo à l'épaule.

— Ils se dirigeaient vers le tram, a murmuré Beuzaboc.

Je notais chaque mot sans le quitter des yeux. Je le cherchais. Il racontait morne, clos, le regard caressant ses mains, le pommeau de sa canne, le parquet sombre, le ventilateur et la lumière en rais qui cognait aux volets. Je marchais aux côtés de Beuzaboc, sur le pavé, dans le soleil de janvier. J'observais les trois hommes, leurs poignards, leurs bottes cirées. Ils parlaient haut. Je suis certain qu'on entendait leurs voix. L'un d'eux riait.

— Tuer un homme est difficile, a dit Beuzaboc.

Il n'avait toujours pas levé les yeux.

— C'est vous qui avez tiré ?

— Quelle importance ?

Le soldat a été abattu d'une seule balle, dans le dos, alors qu'il montait dans le Mongy, le tramway qui relie Lille à Roubaix et Tourcoing. Il était le dernier des trois. Il était sur la plateforme. Il est tombé en arrière, bras écartés. Son appareil photo a glissé de son épaule. Sa tête a heurté le sol. Beuzaboc a raconté que l'arme était un MAB, un pistolet de poche fabriqué à Bayonne. Il a expliqué qu'ils l'avaient essayé dans le bois du Mont-Noir, près de Saint-Jans-

Cappel. La détonation était trop forte et la munition trop faible. Un calibre 6,35 mm de rien du tout. Le cheminot a bricolé un silencieux en acier. Lorsque la balle a frappé la nuque du soldat, les autres n'ont pas compris. Leur camarade a semblé trébucher, comme lorsqu'on rate une marche. Beuzaboc se souvient même qu'un soldat lui a tendu la main en riant.

— Vous avez tiré de près ?

— J'étais obligé. Cette arme n'avait aucune précision.

— Vous vous êtes enfuis ensemble ?

Beuzaboc a raconté que Trompette et le cheminot étaient partis à vélo pour la gare. Lui, s'est esquivé en sens inverse. Il raconte que rien n'a été précipité. Ils sont montés sur les vélos, ils sont partis, c'est tout.

— Il y avait des Allemands partout ?

— Oui. Sur le coup, on a eu de la chance.

— Et puis il y a eu les otages.

Beuzaboc m'a regardé. Il a parlé des affiches sur les murs de la ville, placardées par l'occupant dix jours après l'opération. Elles étaient bilingues, entourées de noir et séparées en deux par le milieu. « Avis » d'un côté, « Bekanntmachung » de l'autre. Le vieil homme m'a dit que ses nuits avaient été hantées par 10 et 50, les deux chiffres gras qui salissaient le texte. Dix otages avaient été fusillés et cinquante autres déportés en Allemagne.

Beuzaboc a parlé de longues minutes, son regard cognant le mien. Il était en sueur. Deux fois, il a bu. Il m'a dit qu'aujourd'hui encore, il revoyait le soldat monter dans le tram, il sentait jusque dans son épaule le recul du pistolet, il lisait l'affiche sur la brique, il se souvenait de la phrase « à titre de représailles pour ce meurtre odieux, d'autres otages répondront de leur vie ».

J'avais chaud. Je notais. J'avais soif. Je ne prenais pas mon verre de peur de rompre le récit monotone. C'était cela, monotone. Chaque mot de Beuzaboc était couleur d'acier, de mort, mais sa voix était morne, sans éclat ni relief. Il avait raconté la tombe anglaise avec le ton rieur du jeune homme fiévreux. Fiévreux de vivre, de lutter, de mourir, comme si peu lui importait. Cette fois, comme pétrifié pour toujours à la lecture d'une affiche mortelle, c'est le très vieil homme qui racontait.

Trompette a été arrêté par hasard, à Lens, quelques semaines plus tard. Il transportait des tracts communistes dans sa besace. Il a été interrogé, sévèrement maltraité et fusillé à la citadelle de Lille. Il avait seize ans. *Fives*, le cheminot, n'a jamais été pris. Ouvrier ajusteur, homme simple, fragile, orphelin et veuf, il avait été tellement bouleversé par la mort des otages qu'il avait refusé de s'alimenter pendant neuf jours. Plus tard, il n'a pas accepté que les résistants s'attaquent aux trains. Qu'ils s'en prennent aux gares, aux dépôts, aux ponts, aux portiques de réparation, aux cœurs d'aiguillage, aux engins de manutention, aux grues, aux pylônes à haute tension, aux transformateurs à laminoirs, aux rails même, mais pas aux locomotives. Après le travail, Fives construisait des machines. Avec des chutes de métal, il avait reproduit la maquette d'une vapeur Pacific 231C et une 231E Chapelon, de la Compagnie du Nord. Il parlait matériel avec les cheminots allemands de la Reichsbahn qui le surveillaient. Le train était son outil de travail, sa fierté, ce qui lui restait de vie. Beuzaboc raconte que Fives est entré en dépression, inquiet de tout, vulnérable, tourmenté, cassant comme la glace, dément. Et qu'il a renoncé à toute action armée.

— Comment s'appelait-il vraiment ?

— Fives ?

Beuzaboc a haussé les épaules. Il ne savait plus. Il n'est même pas certain qu'il ait jamais connu son véritable nom. L'ouvrier se faisait appeler « Fives », du nom de son dépôt SNCF. On surnommait le lycéen Trompette. Trompette est mort. Fives est devenu fou.

— Ça, c'était pour l'ennemi, mais entre vous ? Comment-vous appeliez-vous au café, dans la rue, quand vous étiez seuls ?

Le vieil homme était agacé.

— Un jour, Fives m'a présenté un gamin roux en disant qu'il était lycéen. Il m'a dit aussi qu'il voulait en découdre avec les Boches et qu'on l'appelait Trompette parce qu'il faisait le clairon en se pinçant le nez. C'est tout.

Beuzaboc s'est levé difficilement. Il est allé aux toilettes. J'ai relu mes notes. Une goutte de sueur a coulé de mon menton sur le carnet. Beuzaboc ne voulait pas mettre le ventilateur au plus fort. Le bruit le dérangeait. Il est revenu, s'est assis. Il a regardé sa montre, puis sa canne. J'ai laissé passer un peu de temps. Je m'en voulais. J'interrogeais un homme comme le ferait un policier. Je n'avais ni cordialité dans la voix, ni sourire sur le visage. Je ne savais pas d'où me venait cette sécheresse.

— Et *Beuzaboc* alors ? C'est comme Fives et Trompette ?

Le vieil homme est revenu à moi.

— Mon père vous racontera, avait souri Lupuline.

Cette question m'embarrassait depuis le premier jour. Je n'avais pas osé la poser jusque-là. Beuzaboc m'a regardé. Je lui connaissais plusieurs regards. Le vaguement moqueur, le souriant, le tranquille de notre première rencontre. L'attentif, ensuite. Celui qui observait mon émotion devant la tombe anglaise. Le méfiant, tout nouveau, tout gênant, silencieux lèvres blanches. Et puis l'inquiet, le fragile, le désemparé, celui qui s'invitait de plus en plus souvent dans la pièce. Celui qui me disait que la séance était finie.

A cette question, pourtant, son regard s'est apaisé. Beuzaboc était un nom de code. Ce jour de janvier 1941, traversant une place lilloise derrière trois uniformes ennemis, il y avait Fives, Trompette et Beuzaboc. Des pseudonymes. Voilà. C'était tout. Tescelin s'appelait Ghesquière et il avait fait de Beuzaboc son patronyme. Il n'avait souhaité ni médaille, ni honneurs, ni reconnaissance, mais il avait conservé son nom de partisan. C'était une histoire entre lui et lui. Un petit arrangement avec la mémoire. En hommage aux gars tombés à ses côtés, il avait gardé une trace. Depuis, il était Beuzaboc. Pas Ghesquière, pas même Tescelin, rien. Beuzaboc. Il m'a raconté ça en souriant. Il semblait plus tranquille. Un instant, il a même ri en s'épongeant le front. Brumaire est entré dans la pièce, et aussi Tristan, son vieux compagnon. Ils se sont installés face à moi, aux côtés du vieil homme comme s'ils le protégeaient.

L'homme qui lui a donné ce surnom s'appelait Asselineau. Il était tourneur à la SNCF et venait de Bourgogne. Avant guerre, tous deux travaillaient au dépôt de Lille-Délivrance. Tescelin Ghesquière était aide-ouvrier, il avait seize ans. Asselineau en avait trente-huit. Chaque jour, il inventait une nouvelle fable pour amuser le garçon. Il le trouvait à la fois touchant et naïf. Un matin, à l'embauche, il a expliqué que dans son village de Mancey existait un chêne classé monument historique. Et l'histoire était vraie.

— Ça veut dire qu'on peut le visiter dedans ? lui avait demandé Tescelin.

— Sacré Beuzenot ! avait répondu le Morvandiau en riant.

Dans son patois, un *beuzenot* est un naïf, un simplet. Ce petit nom lui est resté longtemps. Et puis il a évolué. Tescelin se lavait rarement la figure et les mains après le travail. Un cheminot l'avait traité de *boc*, « sac de charbon » en parler dunkerquois. Aujourd'hui, Beuzaboc ne se souvient plus comment le mélange des deux s'est fait. Il s'est fait. Après la débâcle, le soldat perdu s'est débarrassé de son fusil, de son uniforme, de ses papiers militaires, pas de son surnom. Retourné à l'atelier, il s'est prétendu Beuzaboc.

— Et votre fille vous a suivi ?

Ce même sourire.

Oui, elle a suivi. Dans l'obscurité de la chambre, histoire après histoire, avec Ghesquière qui racontait Beuzaboc, elle a décidé par jeu qu'elle s'appellerait comme lui. Elle était jeune. Sa mère serait bientôt foudroyée par une embolie pulmonaire. Devenue Beuzaboc, Lupuline se rattachait à ce qui lui restait. Elle héritait de l'histoire de son père, de son courage, de sa force. Elle se protégeait de tout. A la Libération, Tescelin Ghesquière avait ajouté Beuzaboc à son patronyme, séparé par un tiret pour en faire un nom d'usage. Lupuline n'avait pas eu ce droit, mais elle s'en était emparée. Beuzaboc figurait sur ses cartes de visite, sa boîte aux lettres, sa porte d'entrée. Lupuline Beuzaboc. C'était son secret et son intimité. C'est ainsi que l'appelaient les proches, la famille, les amis, le cercle. Aux autres, elle répondait que c'était le nom de guerre de son père résistant. Et personne, jamais, n'a trouvé à redire.

10.

La semaine suivante, Tescelin Beuzaboc a relu ce que j'avais écrit sur la mort du soldat allemand. Il l'a fait comme à son habitude, tête appuyée contre le dossier du fauteuil et pages levées à hauteur des lunettes. J'attendais debout, un verre d'eau à la main. Le ventilateur agaçait le coin des feuilles. Deux fois, Beuzaboc m'a observé avant de reprendre sa lecture silencieuse.

« Trompette actionnait furieusement sa sonnette de vélo. Il faisait comme si Fives venait de lui couper la route. Personne n'a entendu le coup de feu. Le soldat est tombé à la renverse, comme ça, presque lentement. Il semblait avoir trébuché sur la plate-forme du tram. J'ai vu un autre soldat lui tendre la main en riant. Je venais d'abattre un homme et son ami riait.

J'ai glissé le pistolet dans ma ceinture de pantalon et j'ai continué ma route (?) »

— Je vois des points d'interrogation, ici ou là. Des problèmes de compréhension ? a demandé Beuzaboc.

J'ai souri. Non, pas du tout. Des petites choses à vérifier.

— Vérifier ?

Je voulais étoffer l'histoire d'autres détails, apporter plus de précision.

— Un exemple ?

J'ai repris le texte.

— Lorsque vous dites que vous continuez votre route après l'action, c'était pour aller où ? Et aussi, vous ne donnez pas le nom de la place où l'attentat s'est déroulé. Je vais essayer de le retrouver.

— Retrouver ? Où donc ?

— Dans les archives, les livres. Je ne sais pas encore. Un Allemand abattu en plein Lille, dix fusillés et cinquante déportés, ça a dû laisser des traces.

Beuzaboc s'est levé. Il allait aux toilettes avant chaque séance de questions. Il marchait haut, à peine voûté.

— Dans les livres, a-t-il murmuré en quittant la pièce.

J'ai repris ma place à table. Je voulais revenir en arrière dans le temps, avec l'aviateur anglais que Beuzaboc avait caché. Soigneusement, j'ai disposé sur la table mon carnet noir à élastique, le carnet à spirale, les stylos. Le noir, le rouge, le bleu que j'avais dans ma poche. Puis j'ai enlevé ma montre et écrit « cinquième séance » sur une page de droite, entourant la date du 22 juillet 2003 d'un cercle au stylo rouge.

— Racontez-moi l'aviateur anglais.

— La semaine dernière nous étions en janvier 1941 et vous demandez de revenir à 1940 ?

J'ai eu une moue fautive ou embarrassée. Je crois même avoir rougi.

— Je pensais que nous respections la chronologie, a dit Beuzaboc.

— C'est mon habitude de travail, oui.

— Un biographe remet de l'ordre dans les faits, non ?

— Oui, bien sûr. Mais j'ai eu envie de vous entendre sur le soldat allemand.

— Vous parlez comme un juge.

— J'avais envie de vous écouter.

Beuzaboc ne me quittait pas des yeux. Il m'examinait. Un instant, j'ai cru reconnaître la méfiance, la tension des premières minutes. A tâtons, de la main gauche, mon client a exploré le guéridon à la recherche de l'étui rouge et blanc. Il l'a ouvert. Il a pris la cigarette, l'a allumée. Il a fermé les yeux, il a inspiré la fumée longtemps. Lorsqu'il est revenu à moi, son regard était apaisé.

— Il s'appelait Albert Osborne, il était mitrailleur.

J'ai feuilleté mon carnet puis relevé la tête.

— Osborne ? Comme l'artilleur anglais au cimetière ?

— Comme qui ?

— L'artilleur enterré à Annequin, celui du bouquet, il s'appelait aussi Albert Osborne.

Un instant, le vieil homme a eu l'air stupéfait. Il a passé la main sur ses lèvres et puis il a souri. Il a dit qu'avec l'âge, il perdait souvent les visages et les noms. Il avait soif, encore. Il s'est excusé. D'un geste élégant, il a essuyé son cou avec un mouchoir de poche.

— Il vous faut bien de la patience, a murmuré Beuzaboc.

— Il vous faut bien de la mémoire, j'ai répondu.

Mon client a ri. Il a bu longuement.

— L'aviateur disait s'appeler J. Wellington. On me l'avait présenté comme ça. Mais le premier jour, en me tendant la main, il m'a demandé de l'appeler *Wimpy*, comme tout le monde. Alors je l'ai appelé Wimpy. J'étais jeune. C'est bien après que j'ai compris qu'il s'était fichu de moi.

— Comment ça ?

— Vous connaissez Gontran ? Le bonhomme à chapeau, l'ami de Popeye qui se bourre de hamburgers ? En Grande-Bretagne, Gontran s'appelle J. Wellington-Wimpy.

— Et ?

— Le bombardier abattu était un Wellington. Les aviateurs le surnommaient Wimpy, en hommage à Gontran. Mon pilote avait pris le nom de son avion.

Sur la page de droite, j'ai écrit « Wimpy ». Je l'ai fait machinalement, sans empressement, détaché, comme une information supplémentaire. Et puis je suis allé à gauche, pour quelques mots rapides. J'ai noté « malaise » et l'ai souligné deux fois. Aussi, j'ai essayé de décrire le regard du vieil homme, celui qu'il avait tout à l'heure, quand j'ai parlé de vérifier. Je voulais donner un nom à ce regard, un aspect, un genre. J'ai trouvé « animal », puis « animal traqué », puis « malaise », encore, avant de tout barrer d'un trait.

— Wimpy a été abattu quand ?

Le vieil homme ne se souvenait plus. Il a parlé de décembre 1940. Peut-être. Probablement, même. Vers le milieu du mois. Dans son journal d'enfance, Lupuline avait noté la date du 17. Elle avait même écrit : « l'avion s'est écrasé le 17 décembre 1940, à l'aube ».

— Si je lui ai dit le 17, c'était le 17, a murmuré Beuzaboc.

Wimpy était mitrailleur de queue. Son appareil venait de participer à l'opération *Abigail*, un « raid de vengeance », ordonné par le cabinet de guerre britannique pour répondre aux attaques de la Luftwaffe sur Londres. Le bombardement de nuit avait été massif. Le but était de « détruire autant que possible une ville allemande désignée », répondre à l'effroi par l'épouvante. Ce fut Mannheim, dans le sud-ouest du pays. Le bimoteur de Wimpy a été endommagé par la chasse allemande au retour d'opération. L'appareil put voler jusqu'au-dessus de la France, près de quatre cents kilomètres encore, carlingue déchirée, avant de s'écraser au petit jour dans la région lilloise.

— Où, exactement ? Vous vous souvenez ?

— Près de Seclin, entre Gondecourt et Chemy.

Cinq des six aviateurs sont morts en touchant le sol. Blessé à la jambe et à la tête, Wimpy fut recueilli dans une ferme des environs d'Hantay. Deux pilotes britanniques vivaient là depuis juillet. Un de plus, c'était impossible. Pour des raisons de sécurité, il fallut séparer ces hommes. Wimpy fut soigné deux semaines, puis transporté à Bauvin, dans une grange qui servait de remise. Beuzaboc avait vingt et un ans. Il n'avait pas encore réintégré la SNCF. Il fut désigné pour s'occuper du sergent anglais.

— Désigné par qui ?

— Par les gars, répondit le vieil homme.

J'ai frissonné.

J'ai vu les drapeaux fanés. J'ai vu les trois anciens tout au bord de la tombe. Mon père et ses gars. Mais qui étaient ceux de Beuzaboc ? J'ai tracé un point d'interrogation sur la feuille de gauche. « Les gars ? » Quels gars ? Je ne voulais plus poser de question, mais simplement noter ce que Beuzaboc racontait. Pour *les gars*, je verrais après, plus tard, un autre jour. D'ailleurs, peu importait qui avait ordonné à Beuzaboc de s'occuper du mitrailleur. Ce qui comptait pour l'instant, c'était raconter le huis clos entre les deux hommes, du 17 au 30 décembre 1940, lorsque Beuzaboc et Wimpy quittèrent la cache pour rejoindre Abbeville à vélo puis traverser la Somme. Le vieil homme racontait. Il avait jeté sa tête en arrière.

Wimpy était un drôle de type. Il avait sauvé son harmonica et en jouait malgré les consignes, l'instrument tout entier recouvert par ses grosses mains. Pas un mot de français pour l'un et pas un mot d'anglais pour l'autre. Ils se parlaient par gestes. Chaque matin, les deux jeunes hommes s'obligeaient à faire de l'exercice, des pompes face contre terre en équilibre sur leurs poings fermés. Le fils de ferme leur apportait un repas par jour, qu'ils faisaient durer jusqu'au lendemain. Il craignait les va-et-vient de la ferme à la grange. Il y avait du lait, du vin, des cigarettes. Pour Noël, le fermier leur a fait porter une bouteille d'alcool blanc et du poulet.

— Ch'est du sauté-al-clinqu, avait prévenu le garçon. Du raide, du sévère, un tord-les-tripes encore chaud de l'alambic.

Beuzaboc se souvient qu'après avoir fini la bouteille, Wimpy voulait quitter la grange et rentrer chez lui à pied, ou à la nage, ou construire un avion avec ce qu'il trouverait en chemin. Il criait. Il riait. Il faisait de grands gestes pour que l'autre comprenne. Et puis il est sorti, un bâton à la main pour chasser les Boches à lui tout seul. Le Français a maîtrisé l'Anglais sur la route, en pleine nuit de Noël, qui chantait fort et haut en frappant du talon. Il l'a ramené de force à la grange. Il l'a couché. Il lui a tenu le front. Il lui a pris la main. Jamais il n'avait pris la main d'un homme et jamais plus il ne le ferait. Il a juré au soldat qu'il reverrait son pays, sa fiancée, sa famille. Il lui a dit tout ça en français, doucement. Ses mots pataugeaient dans l'alcool, sa tête était douloureuse, son cou raide et ses mains tremblantes. Il était assis à terre, jambes allongées, la nuque du sergent anglais posée sur sa cuisse. Il écoutait l'aviateur sangloter cinq noms. Les cinq qui faisaient équipage avec lui. Il lui serrait la main. Il avait froid. Il se balançait d'avant en arrière, regardant le jour qui perçait sous la porte et répondant aux soupirs par un air désolé.

Beuzaboc s'est levé pour une deuxième cigarette. Je n'en avais toujours vu qu'une, enfermée dans la boîte en métal rouge et blanc posée sur le guéridon. Le reste du paquet était caché dans un tiroir.

— Vous me faites fumer celle de demain, c'est malin, a dit le vieil homme.

— Je suis désolé. Vous voulez arrêter la séance ?

— C'est trop tard. Nous en sommes là, maintenant.

Il s'est assis dans le fauteuil. Une fois encore, il s'est essuyé le cou, le front, le visage et les mains. Puis il a repris son récit au matin de Noël.

11.

Ce jour-là, je suis rentré à pied. J'avais besoin de marcher, de faire silence. Je ne pouvais pas, comme ça, rejoindre ma table de travail et écrire. Je devais réfléchir. Mais réfléchir à quoi ? Je ne savais pas. Quelque chose me tordait le ventre. Une rumeur qui venait de loin, une agitation, un début de tumulte. La peste du doute. La rue était en nage. Depuis quelques jours, je relevais mes manches de chemise et ouvrait mon bouton de col. Tous ceux que je croisais semblaient à la recherche d'eau. Des femmes avaient abandonné leur sac, pour une bouteille qu'elles tenaient à deux mains. Le jour mourait, la chaleur était intacte. Des jeunes hommes allaient torse nu. Dans une fontaine, des filles trempaient leurs pieds, chaussures jetées sur le trottoir. J'ai eu envie de téléphoner à Lupuline.

Pour entendre sa voix, un encouragement ou un conseil. J'aimais bien cette femme. Elle me rassurait. Ce soir, marchant dans la ville épuisée, j'avais besoin d'elle. Parce que voilà. Quelque chose n'allait pas. Pourtant, Beuzaboc s'était pris au jeu. Il fumait sa cigarette, buvait son eau et racontait sa guerre, mais pas à la manière de celui qui se souvient.

Lors de nos premiers rendez-vous, le vieil homme me rappelait mon père. Sans cesse. Il m'en parlait de la voix et des yeux. Il m'en parlait par ses hésitations et ses agacements. C'est pour ça que j'étais impatient. J'avais peur de l'égarer, peur de me perdre. Le temps était compté, je le savais. Je ne pouvais pas laisser partir Beuzaboc comme j'avais laissé Brumaire s'en aller. Face à l'un, j'étais face à l'autre, enfant et malhabile. J'ai vu mon père à Annequin, sur son vélo avec Maes et Deloffre. Il pédalait sous la pluie. Il souriait. Je l'ai reconnu dans le bouquet de fleurs, dans le message enfantin. Il était présent jusque dans les silences du vieil homme. Et puis il s'est fait rare. Brumaire a déserté Beuzaboc. Il avait quitté la cérémonie des souvenirs. Et soudain, je me suis demandé si mon client disait la vérité.

Vérité. Le mot m'était venu un peu plus tôt, au moment de m'asseoir dans le salon du vieil homme. Tout ce que celui-ci racontait était-il vrai ? Ou pouvait-il être vrai ? Ou pouvait-il ne pas l'être ? Et puis quoi ? Après tout, peu m'importait. Mon rôle de biographe était d'entendre et de rapporter, de trouver d'autres mots pour habiller les mots, de chercher des images, des couleurs, des sons et des merveilles. Mon rôle était de prendre chaque phrase pour vraie. Je n'étais plus journaliste, pas historien, et encore moins juge. Je n'avais à douter de rien. Je me trouvais injuste. Beuzaboc n'était pas venu me chercher. Il n'avait rien demandé à personne. Comme mon père, il avait vécu jusqu'à ce jour sans rien revendiquer. Et voilà qu'il se retrouvait dans la tourmente, dans la fournaise, face à un ventilateur inutile, dans l'ombre de volets tirés, une cigarette pour l'émotion et de l'eau pour la soif, obligé de répondre à un biographe de rien. Voilà le grand bonhomme, le géant aux cheveux argent traqué dans son fauteuil, les deux mains sur sa canne, face à un ancien journaliste, à monsieur rien du tout qui le menace de vérifier son courage dans les livres, dans les archives, dans les lambeaux restants de mémoire volatile.

J'ai eu honte. Jamais je ne m'étais posé de telles questions. Le client raconte, le biographe écrit. C'est son devoir, sa fonction, son rôle. Et peu importe si tout est trop beau ou trop calme. Peu importe si celui-là n'a jamais visité l'Inde comme il le prétend. Peu importe si cet autre n'a pas serré la main de Léon Blum. Peu importe si celle-ci n'a jamais été Miss Mayenne le jour de ses dix-neuf ans. Peu importe tout, et tout cela, en fait. Le biographe est là pour autre chose que rapporter les faits. Il existe pour ce que d'autres disent d'eux-mêmes, pour ce qu'ils prétendent de leur vie. Il est là pour offrir à chacun sa part de vrai et sa part d'autre chose. Ni mensonge, ni falsification, mais promenade en lisière de tout cela à la fois.

Au début, j'avais publié une annonce dans la presse locale. « Ni documentaliste, ni historien. On ne lit que ce que l'on a dit », rassurait ma publicité. J'étais même allé plus loin. « Il faut réaliser un récit vivant, un véritable roman, quitte à égratigner la vérité vraie, et l'histoire officielle. » Un véritable roman. Voilà ce que je dois faire avec Beuzaboc. Un livre, bien écrit, qui tire la joie et les larmes. Le livre que veut lire Lupuline. Le livre que veut raconter Tescelin.

J'avais bu. Une bouteille de vin blanc corse, d'abord. Un flacon de clos culombu que m'avait offert un ami de Cervione. Lorsque j'ai entamé ma première bière, j'avais encore en bouche l'ananas, la pomme verte et la framboise. J'ai ouvert mon carnet, mes fenêtres. La chaleur montait de la nuit. Une moiteur animale. Je n'arrivais pas à me souvenir de l'automne. J'avais repris la dernière séance phrase à phrase. Et aussi celle consacrée au soldat allemand. Quand même. J'avais décidé de souligner en rouge tout ce qui me troublait. Qui étaient « les gars » de Beuzaboc. Ceux qui lui avaient demandé de prendre soin du mitrailleur anglais ? Ceux qui lui avaient ordonné, et à Fives et à Trompette, d'assassiner le soldat allemand. Voilà. C'était cela. Qui étaient ses compagnons, ses chefs ? Quel était son réseau ? Il n'était pas question de vérifier, mais d'apporter une information supplémentaire. Le jeune Beuzaboc ne pouvait agir seul. Il fallait qu'il eût été membre d'un groupe, d'une troupe, d'une fraternité clandestine. Je m'étonnais de n'avoir pas commencé par ça. Que ma première question n'ait pas porté sur la structure même de son engagement. Adolescent je m'étais intéressé aux réseaux de résistance. A *Turma-Vengeance*, bien sûr, mais aussi à *Franc-Tireur*, à *Combat*, aux *FTP-MOI* de Missak Manouchian, à *Carmagnole-Liberté*, au *groupe du Musée de l'Homme*. Et à aucun moment, impressionné par le vieil homme, je n'avais pensé à lui poser cette simple question.

Je soulignais toujours. Je voulais le nom de l'Allemand tué. Je voulais la date exacte de sa mort. Je voulais le lieu précis de son exécution. Je voulais retrouver Fives s'il était vivant. Je voulais l'entendre aussi. Je voulais d'autres voix que la voix de mon client. Je voulais connaître le nom de l'Anglais. En fait, je voulais retrouver l'Anglais. Je voulais que cet homme raconte son avion abattu, la grange secrète, l'alcool blanc, Noël, son désespoir traqué. Je voulais rendre hommage à Albert Osborne. Passer la grille du cimetière, marcher vers la pierre, déposer à mon tour un bouquet de fleurs de jardin. J'avais besoin d'aller au-delà de la retranscription. Je voulais que cette biographie soit la plus belle. Que ce livre soit le plus grand. J'écoutais Haendel en m'enivrant de chaleur silencieuse. Je voulais savoir pourquoi le vieil homme avait accepté de me rencontrer. Je voulais qu'il me raconte aussi le reste, la tuerie d'Ascq et le bombardement de Lille-Délivrance. Il était 3 heures du matin. J'avais refermé mon carnet. Demain, j'irais à la bibliothèque, et je chercherais, dans les replis de l'Histoire, tout ce qui pourrait grandir son récit. Pour Beuzaboc, pour Lupuline, pour moi, et en mémoire de mon père.

12.

Le dynamitage d'une voie ferrée, près du passage à niveau de la petite ville d'Ascq, dans la nuit du 1er avril 1944, était l'une des histoires les plus impressionnantes rapportées par Lupuline dans son cahier d'enfance. Pas l'opération elle-même, ni les dégâts minimes infligés à un convoi militaire allemand, mais les suites de cette opération. Le massacre des villageois par les soldats du train. Le récit des représailles tenait en deux pages. Une écriture gamine, tantôt bleue, tantôt rouge, et des points d'exclamation à chaque fin de phrase.

J'ai voulu en savoir un peu plus. J'ai cherché la tuerie dans les livres, les travaux étudiants. Je voulais me présenter devant le vieil homme avec des questions d'avance, des émotions communes, une complicité nouvelle, progresser avec lui. Alors je me suis mis au travail.

Tout a commencé par deux attentats, commis par la Résistance sur le réseau de chemin de fer de la région. Une charge explosive le 27 mars, une autre le 30. La police allemande a investi la ville d'Ascq. Elle a interrogé les habitants, elle a menacé les autorités locales. Malgré la pression ennemie, malgré les craintes des habitants eux-mêmes, les partisans ont décidé une troisième opération. Une charge de plastic sur une lame d'aiguillage. Nous étions la veille des Rameaux, le 1er avril 1944. La cible devait être un train de marchandises, mais un convoi militaire avait demandé la priorité. Il transportait soixante véhicules blindés et quatre cents hommes de la 12e Panzer Division. Des SS, membres des Jeunesses hitlériennes. Leur lieutenant s'appelait Walter Hauck, il avait vingt-six ans. Les plus jeunes de ses hommes en avaient à peine seize. Sous le poids de la motrice, la charge a sauté. Rien. Un pétard. Deux wagons transportant des chenillettes ont quitté les rails sans se renverser. Les dégâts étaient dérisoires. Un pneu d'automitrailleuse a été endommagé, la boîte de vitesses d'une camionnette détruite. Les essieux et les jantes de deux motocyclettes abîmés. Il était 22 h 44. Les SS ont sauté du train et se sont rués sur la ville.

J'avais déjà entendu parler d'Ascq. Un nom qui résonne ici comme Tulle ou Oradour. Mais jamais je ne m'étais plongé dans les minutes du drame. Pendant trois jours, j'ai lu. A la bibliothèque, chez moi, assis sur les bancs de la ville, j'ai lu. J'ai vu les SS marcher sur Ascq. Je les ai vus tuer dans la nuit. Des témoins ont dit qu'ils chantaient, qu'ils riaient, qu'ils étaient comme des fauves. Ils ont remonté les rues, ils ont enfoncé les portes une à une. Ils recherchaient les hommes. Et ils les ont abattus. Dans le poste d'aiguillage, le long de la voie ferrée, dans la carrière, devant le presbytère, dans les rues, dans les champs alentour. Les uns après les autres, en petits groupes mains levées, de face, de dos, les jeunes, les vieux, les résignés, les fuyards, tous ceux qu'ils rencontraient. Le boulanger, le curé, l'abbé et son vicaire, le garde-champêtre, le patron du Café de la Gare, le serrurier, le menuisier, l'épicier, le jardinier, les cheminots, les ouvriers, les prisonniers rendus à la vie civile. Je notais chaque nom dans mon petit carnet noir. Chaque nom, 86 personnes assassinées par des gamins. Pierre Brillet avait soixante-quinze ans. Jean Roques, élève au lycée Faidherbe de Lille, en avait quinze. J'étais fatigué. Par la chaleur et mes mauvaises nuits. Brusquement, j'ai pleuré. Quelque chose qui ne me ressemblait pas. Un sanglot bref. J'étais à la bibliothèque. Une jeune femme a relevé la tête. J'ai toussé. J'essayais d'imaginer Beuzaboc. Ses gars. Cet explosif de rien, qui n'entame pas l'acier mais la chair de tant d'hommes. Je voulais savoir ce que ce massacre avait provoqué chez les partisans. Comment pouvait-on tuer encore, lutter encore, espérer encore, quand l'épouvante répondait à chacun de ses gestes. Je me suis levé. Je suis allé à la fenêtre ouverte. La chaleur entrait dans la salle, la moiteur, l'insupportable. Larmes, sueur, j'ai essuyé mon visage à deux mains. Je m'en voulais de pleurer ainsi aux choses anciennes, mais j'étais fier d'y céder. Une fois encore, je pensais à mon père. A tout ce qu'il avait dû affronter. J'aurais tant aimé que Beuzaboc lui ressemble. Mais le doute s'installait. Une saloperie silencieuse, sinueuse, écœurante comme une odeur de mort.

Alors j'ai continué mon travail soupçonneux. Sans trop savoir si je complétais le récit du vieil homme ou si je le vérifiais. J'ai relevé chaque nom. Puis j'en ai noté d'autres, et encore d'autres à la recherche d'un seul. J'avais retrouvé les partisans du 1er avril 1944. Ceux qui avaient participé à l'opération d'Ascq. Ceux qui avaient été arrêtés pour elle, condamnés pour elle, exécutés pour elle. J'avais devant moi ce que l'Histoire savait. Et nulle part, Beuzaboc. Ni Tescelin. Ni Ghesquière. J'étais rentré chez moi. Maintenant, je lisais des documents à la lumière d'une bière. Mon stylo tremblait. Sur mon carnet, j'avais tracé les noms du cheminot Paul Delécluse, du cheminot Henri Gallois, du chef d'équipe SNCF Louis Marga, du cheminot Raymond Monnet, du cheminot Daniel Depriester, du cheminot Eugène Mangé. Fusillés le 7 juin 1944, à 16 h 30, au lendemain du débarquement en Normandie. Tous appartenaient au réseau *Voix du Nord*, comme Jeanne Cools, Marlière, Leruste, Lelong, Olivier, Cardon, Fiévet ou le capitaine Jean-Pierre. J'avais cette femme et ces hommes sous les yeux. Je découvrais leur vie, leur combat, leurs derniers mots, parfois. « Nous mourrons tous en chantant *La Marseillaise*, et ferons voir aux Allemands que nous savons nous aussi bien mourir pour un idéal », avait écrit Delécluse à sa femme, après avoir refusé la visite de l'aumônier. J'ai lu. « Bien entendu, je te laisse libre de refaire ta vie à ta mode, mais n'oublie pas de parler de moi aux enfants. Embrasse bien mes parents et les tiens pour moi. Mes amitiés aux autres. Embrasse aussi Lucien, Marguerite, Claude, Claudine, Joséphine et excuse-moi auprès des autres si j'en oublie. Mes amitiés à M. et Mme Debruync et Mlle Tassart. J'ai vu Gisèle, Maman Fernand et Raymond hier. J'aurais bien voulu voir Mimi mais je vous aurai devant mes yeux jusqu'à la dernière minute et mes dernières pensées seront pour vous. Adieu ma petite femme. Adieu mes chères petites, soyez toujours bien sages et ne faites pas trop de chagrin à votre maman. Votre père qui vous a bien aimées toutes. »

Je me sentais très seul. Je pensais à cet homme, à ces hommes, à ce papier tendu par un abbé quelques instants avant la mort. Je voyais leurs dos voûtés, les cheveux brouillons de nuit, leurs joues salies de barbe, leurs chemises ouvertes, leurs pantalons retenus par rien. Je voyais leurs rides au milieu du front, leurs bouches un peu ouvertes, leurs doigts tenant mal le crayon. Je voyais la lumière qui hésitait au seuil de la cellule. Je voyais ces hommes assembler leurs pauvres mots. Je relisais leurs phrases sans plainte, sans douleur, sans le moindre remords offert à leurs bourreaux. Je me demandais comment ces mots avaient pu survivre à ces hommes, continuer leur chemin de mots, revenir plus tard sous nos plumes, dans nos lettres, sur nos lèvres en paix. Je me demandais comment nous avions pu après eux encore écrire « adieux », « amitié » ou « chagrin ». Je me demandais ce que seraient devenus nos mots sans les leurs.

J'ai eu la haine de leurs bourreaux, la colère, le dégoût de l'oubli. Je suis sorti. J'ai marché dans Lille, autour de la gare de nuit, autour des bars qui fermaient. Je m'en voulais d'être ici, là, maintenant, dans cette chaleur stupide. J'ai rêvé d'un soldat vert-de-gris, devant moi, dans le sombre. J'ai vu son calot passé dans son ceinturon, son col de vareuse ouvert, son coutelas qui lui battait les reins. J'ai vu Beuzaboc, et Fives, et Trompette qui poussaient leur vélo. Je me suis dit que tuer était humain. Je me suis approché de l'uniforme. J'ai tiré. Et puis quoi ? Rien. Une larme d'acier qui frappe un cuir. Un homme qui tombe et qu'on ne connaît pas. Un regard éteint que l'on n'a pas vu naître. Je comprenais mon père. J'aurais voulu être de ce même métal.

Je suis entré dans un café. J'ai bu une bière. Et une autre. Beuzaboc était absent de tout. Le vieil homme n'était qu'un vieil homme. Un vieux rien du tout. Avec ses yeux trop clairs, sa canne torturée et sa cigarette par jour. Je n'avais trouvé aucune trace de lui. L'Histoire avait pourtant retenu le nom de chaque victime, de chaque combattant. « Papa commandait », écrivait Lupuline. Mais commandait quoi, petite fille ? Il était où, ton papa ? Inconnu au bataillon des braves. Nulle part. Ni dans les livres, ni sur la pierre des monuments. Il commandait tes rêves dans ta chambre d'enfant. Tu étais son soldat, son témoin pour demain. Tu étais à toi seule ses foules libérées, ses drapeaux agités, ses médailles, ses honneurs. Il n'avait que toi, petite fille. Avec toi, il rêvait. Il résistait. Il avait une vie d'homme.

Je suis rentré. Il faisait presque jour. Ces aubes d'été, où la nuit et l'après se confondent. Je me suis allongé. J'ai ouvert mon carnet. J'ai relu le cimetière, la mort de l'Allemand, la délivrance de l'Anglais. J'ai relu le cahier de Lupuline. Et je m'en suis voulu. C'était elle.

Ces pages étaient d'elle. C'est l'enfant qui avait écrit Ascq, pas Beuzaboc. Peut-être avait-elle mélangé l'histoire de son père et l'histoire de la guerre. Peut-être lui avait-il raconté Ascq en plus de tout cela, comme pour expliquer les raisons de sa colère.

Peut-être Beuzaboc allait-il ouvrir de grands yeux devant mes questions. Lever la main. Secouer la tête. Dire que Lupuline confondait un peu tout. Que non, il n'y était pour rien. Il n'avait jamais mis les pieds à Ascq. Mais il l'avait vécu dans sa chair. D'ailleurs, il était à l'enterrement des victimes. Voilà, il était à l'enterrement des victimes. Et là, devant les cercueils alignés, il s'était juré de raconter ce crime, encore et toujours, à l'enfant qu'il aurait. Et il lui parlerait des partisans assassinés, Delécluse, Gallois, Marga, Monnet, Depriester et Mangé.

J'ai décidé de téléphoner à Lupuline. Je voulais être certain que c'était cela. « Papa commandait. » Bien sûr, il commandait. Mais pas cette nuit-là. Mais pas ces hommes-là. Et Lupuline me le dirait. Bien sûr, elle le dirait. Elle aurait son rire et s'excuserait de m'avoir fait chercher pour rien. Et Beuzaboc sourirait aussi. Et tout rentrerait dans l'ordre. Le vieil homme dans son fauteuil, moi à la grande table, les bouteilles d'eau, la cigarette, le ventilateur, les fenêtres ouvertes et l'obscurité des volets tirés.

J'ai refermé le cahier d'enfance. Brusquement, je me trouvais injuste et vain. Journaliste de rien, enquêteur minuscule. Je confondais tout. Je n'avais pas recueilli la mémoire de mon père alors je me vengeais sur la mémoire des autres. J'ai ouvert une bière, une dernière, celle du matin blanc, une Hoegaarden fraîche. Je suis resté sur le dos. J'ai bu une gorgée. J'ai posé la tête sur l'oreiller. J'ai dormi habillé, la lumière allumée, la fenêtre ouverte. J'ai dormi en sueur. L'âme aux regrets, ventre serré et mâchoire douloureuse.

13.

Je suis allé à Annequin, sur la tombe du soldat Osborne. Je voulais voir les lieux, le ciel. Je voulais marcher sur le gravier comme Beuzaboc l'avait fait. Il était tôt, la grille rouge était ouverte. Avant d'entrer, j'ai longé le vieux mur en ciment. Je l'ai caressé de la main. J'ai regardé les maisons de brique. Les neuves, les anciennes, les fenêtres noires qui observaient les trois garçons à vélo. Les fils électriques longeaient le ciel par-dessus les toits. Comme en novembre 1940, des chiens lointains grognaient leur peur ou leur colère. Beuzaboc m'avait raconté le bouquet de fleurs et je l'avais écrit. Alors pourquoi venir ici ? Pour ajouter un peu de lumière à son récit, trois touches de couleur, peut-être. Quelques graviers, l'arrondi de la pierre tombale, une autre qualité de silence. Je suis entré dans le vieux cimetière communal. J'étais au seuil d'une autre vie. J'imaginais le vieil homme. Il avait vingt et un ans, du vent dans les cheveux, de la pluie de novembre, deux copains sur ses pas. Il dissimulait un drapeau anglais. Il poussait son vélo d'une main. Un lourd camion est passé sur la route. J'étais en juillet. La sueur perlée agaçait mon dos en araignée lente. Le carré était là, à gauche, comme l'avait indiqué Beuzaboc. Neuf tombes, pas huit. Albert Osborne reposait en second. Dans mon carnet, j'ai noté tous les autres, et je sais pourquoi. Ces noms ont été gravés dans la pierre pour être recopiés bien des années plus tard. Pour être dessinés sur une feuille quadrillée et prononcés à voix haute. Voilà. Je les ai prononcés à voix haute. Davis, tombé le 17 juillet 1915. Osborne, tombé le 6 juillet 1915. O'Shea, tombé le 20 mai 1915. Reilly, tombé le 24 juillet 1915. Long, tombé le 16 octobre 1915. Birkinshaw, tombé le 16 octobre 1915. Pepperday, tombé le 28 janvier 1916. Monday, tombé le 6 juillet 1915. Et puis Shaw, le neuvième, tombé ici le 28 mai 1940, enterré à l'écart par l'occupant, entre trois soldats allemands et un soldat français puis exhumé et couché à côté de ses frères en

1947. J'imaginais Beuzaboc, Maes et Deloffre, enfants au garde-à-vous devant ces hommes. Encore une fois, je m'en suis voulu de ma méfiance. Une fois encore, j'ai vu mon père sourire, main levée, refusant de répondre à mes questions de fils.

J'ai pris un car, un autre, j'ai marché sous le soleil jusqu'au fort de Bondues. Au musée de la Résistance, j'ai consulté les journaux de janvier 1941. Le soldat allemand avait été abattu par mon vieil homme sur le marchepied du tram le 2 janvier, ou le 3, le 4, un jour de ce mois-là. J'ai cherché. Dans *Le Grand Echo du nord de la France*, on annonçait que Joseph, amant éconduit, avait tué Renée, une jeune modiste de vingt ans. Il l'avait meurtrie à coups de ciseaux, avant de la jeter dans la Lys. La rivière était gelée. Joseph avait essayé de casser la glace au caillou, avant de briser le front de la jeune femme qui respirait encore. Pas d'autre mort connue, ces jours dans la région. Rien le mercredi 1er janvier 1941. Rien non plus le 2 janvier. Le 3, le journal rapportait un petit incident qui s'était justement déroulé sur le tramway qui relie Lille à Tourcoing. C'est sur son marchepied que serait mort le soldat, ce même jour. Rien encore le 4. Rien le 5. Vraiment rien. Aucun Allemand n'avait été assassiné dans la région lilloise en janvier 1941, comme le vieil homme l'avait raconté. Dans *Les Petites Ailes*, feuille clandestine de la Résistance locale, j'ai bien lu qu'un soldat allemand était mort le 14 janvier. Mais c'était un suicide. En faction le long de la voie ferrée à Haubourdin, au sud de Lille, il s'était tiré un coup de fusil dans le ventre, la détente de l'arme reliée à son pied par un fil de fer. C'était tout. J'ai continué mes recherches. Le 20 avril 1942, quinze mois plus tard, un occupant avait bien été abattu à Lille. Mais pas au matin, pas sur le marchepied d'un tram, pas d'un seul projectile. Il avait été exécuté de quatre balles, tirées par un homme isolé, place des Reigneaux à 22 h 45. Comme dans le récit de Beuzaboc, dix otages avaient été fusillés en représailles et cinquante autres déportés vers l'Allemagne.

En dépliant les journaux, je tremblais un peu. J'étais tout à la fois journaliste et fébrile. J'ai ouvert d'autres livres, retiré d'autres tracts de leur protection transparente, lissé des dizaines de documents sous ma paume. En avril 1942, toujours, trois assauts ont été menés par la Résistance locale. A Bruay, semble-t-il. Et à Méricourt. A Lens, le 11 avril, trois hommes ont attaqué le poste de garde du pont Césarine et tué deux sentinelles. Ces hommes étaient communistes, mineurs de fond, je n'ai eu aucun mal à retrouver leurs noms. Il y avait Charles Debarge, correspondant local de *L'Humanité*, Moïse Boulanger et Marcel Ledent. Ici, pas de Fives, de Trompette ou de Beuzaboc. Pas d'à-peu-près, de souvenir éteints, de silences ou d'hésitations. Trois partisans, deux ennemis, des faits établis, reconnus, gravés dans la pierre d'un mémorial.

J'étais perdu. Nulle part, la mémoire n'avait retenu l'attentat de janvier commandé par Beuzaboc. De ces jours de givre, elle ne gardait que le froid extrême et le rationnement. L'huile avait disparu, le lait, le blé, le beurre, les fruits secs manquaient. La viande de boucherie n'existait plus. La ville se souvient de cela. D'ailleurs, elles n'oublient rien, les villes. Quelqu'un a bien rudoyé un Allemand en 1941, mais en décembre, pas en janvier. A Dinan, et pas à Lille. Le Français s'appelait Ange Debreuil, un marin de commerce. Il était ivre. Il discutait avec un soldat. Il s'est emporté. Il lui a donné un coup de pied. Et il a été fusillé pour ça. Il y a une rue Ange-Debreuil à Dinan. L'Histoire se souvenait d'un coup de pied au cul, comment pouvait-elle oublier une balle dans la nuque ?

J'ai quitté le fort de Bondues comme on quitte une veillée mortuaire. Beuzaboc mentait. J'ai marché vers la Cour sacrée, au milieu du fort, où soixante-huit partisans avaient été fusillés par les nazis. Sur une butte d'herbe grasse, un coq marchait en brèves saccades, tête mécanique et queue noire levée.

*

Nous étions le 28 juillet et j'avais demandé à voir Lupuline. Un instant, elle a cru que je réclamais une provision ou le remboursement de notes de frais. J'ai posé son cahier d'enfance sur le bureau. Elle a ouvert son sac pour saisir un éventail rond en papier décoré.

— Un problème ?

J'ai souri. J'ai dit non. Je voulais voir deux ou trois choses avec elle, car nous avancions vite et je voulais être certain de ne pas faire fausse route. Je lui ai dit que nous avions travaillé sur la tombe d'Albert Osborne. Que c'était un très joli moment. Que son père en parlait comme un jeune homme. Lupuline me regardait. Elle avait vraiment les yeux de Beuzaboc. Quelque chose de métal et de doux à la fois. Elle s'éventait, tête penchée sur le côté. Je lui ai parlé du soldat allemand. Fives, Trompette, le tram, la balle dans la nuque et la fuite à vélo. Je tournais les pages de son journal sans la quitter des yeux.

— C'était bien en janvier 1941, n'est-ce pas ?

Lupuline ne se souvenait plus. Elle avait tout noté sur son carnet, sauf la date.

— Vous n'avez pas vu ça avec mon père ?

J'ai répondu. Oui, nous avions vu cela ensemble. Mais je voulais être tout à fait certain. Elle s'éventait. Je tournais les pages. Je lui ai parlé de Wimpy, le pilote anglais. Cette fois, la jeune Lupuline n'avait rien oublié. « L'avion s'est écrasé le 17 décembre 1940, à l'aube. » J'ai répété la date à voix haute. Sur la page de gauche, j'ai noté les chaussures rouges.

— Demain, nous allons aborder l'attentat d'Ascq, j'ai dit à Lupuline.

Elle a hoché la tête.

— Je crois que c'est le plus douloureux pour lui.

— A cause du massacre qui a suivi ?

— Oui, à cause du massacre.

Je lui ai demandé de m'en parler. Comment son père lui avait-il raconté ce drame. L'avait-il fait une fois ? Plusieurs fois ? Avait-elle travaillé de son côté pour en savoir un peu plus ? Lupuline a souri. Non. Jamais. Tout ce que contenait ce cahier était les mots de son père. Mal compris parfois, mal orthographiés d'autres fois, mais tout venait de lui. Jamais Lupuline n'avait été au-delà de ce qu'il lui avait dit. Elle n'en voulait pas plus, d'ailleurs. Tout cela suffisait. Ascq, surtout. Lupuline a expliqué qu'un soir, son père était sorti de sa chambre. Il décrivait les SS marchant vers la ville. Il répétait que lui et ses hommes n'auraient jamais dû faire dérailler ce train. Que c'était l'attentat de trop. Que jamais, plus jamais il ne dormirait comme il dormait avant cette nuit d'avril. Il a dit ça et il s'est levé du tabouret. Il a ouvert la porte et il est sorti de la pièce. C'est la dernière fois qu'il raconterait ses histoires de guerre. Le lendemain, il a dit à sa fille qu'il l'avait assez ennuyée avec tout cela. Que la guerre était une machine à cauchemars. Il s'en voulait terriblement. Il arrêtait. Elle n'avait qu'à faire comme les autres, lire un livre avant la nuit, ou rêver un peu en attendant le sommeil. Il ne pouvait plus continuer. Lupuline avait treize ans.

La cérémonie avait duré huit mois, chaque soir ou presque.

— Vous notez tout ? a souri Lupuline.

J'ai relevé la tête. Oui, tout. J'écoute, je garde, même le plus gris des mots. Même s'il ne sert à rien. Je pensais à Ascq, à Beuzaboc, à sa voix grave dans la chambre d'enfant. A sa décision d'arrêter les histoires de nuit. Je pensais au lendemain, notre sixième séance. J'étais mal à l'aise. Avant d'aborder Ascq, il fallait que je revienne sur le mitrailleur anglais. Il fallait qu'il me parle des « gars », des chefs, de ceux qui lui avaient confié la responsabilité de cacher un aviateur abattu. Je devrais faire cela doucement, avec prudence, avec indulgence même. Il ne fallait ni le piéger ni le mettre en colère. Beuzaboc pouvait mettre fin au travail, je le savais. Cette idée me hantait.

— Quelque chose ne va pas ? a demandé Lupuline.

Non. Je l'ai répété. Quelques détails dans les dates et les faits. Je lui ai dit que le journaliste remontait en surface. Que c'était pour mieux polir le diamant. Un jour, j'ai expliqué à une cliente que je jouais parfois des images et des mots. Je lui ai proposé d'introduire un peu de fantaisie dans sa biographie, pour que son livre soit un texte plus agréable à lire. Elle avait accepté. Elle m'avait raconté un amour d'enfance sans se souvenir si leurs lèvres s'étaient jamais embrassées. Je lui ai dit que oui, certainement. J'ai écrit le baiser. Le cœur étreint, la chaleur de l'un l'autre, les jambes qui renoncent. Elle avait lu. Bien sûr. Evidemment. Oui, cela s'était passé. Elle m'a dit avoir retrouvé la mémoire d'un coup. Elle s'est revue, elle, lui. Pourtant rien n'était d'elle, et rien n'était de lui. Dans ces mots, il n'y avait que moi.

— Vous me diriez s'il y avait un problème ?

— Oui, bien sûr.

— Quel qu'il soit ?

Lupuline me regardait, debout près de la porte. J'ai hoché la tête. Elle m'a regardé mieux. Je mentais. Elle lisait l'embarras et la gêne.

— Ne me ménagez pas, monsieur Frémaux. Je ne suis plus une enfant qu'on rassure. C'est entendu ?

Encore ce hochement ridicule de la tête.

Elle ne m'a pas tendu la main. Elle est partie comme ça, lentement, attendant un rappel, laissant la porte ouverte.

14.

— Encore vos points d'interrogation, a grogné Beuzaboc.

Il parcourait les pages sur Wimpy, l'aviateur abattu. Il lisait, nuque calée sur le dossier du fauteuil et feuilles levées à hauteur des yeux. J'étais à ma table. Je l'observais, le menton dans la main.

— Vous savez écrire, a dit le vieil homme.

Il a ouvert son étui et allumé la cigarette.

— Vous avez vu Lupuline, hier ?

J'ai répondu oui. Quelques minutes pour faire le point.

— Elle n'a encore rien lu ?

J'ai dit non. Il a eu l'air surpris. A voix haute, il s'est même demandé s'il ne fallait pas qu'elle lise chaque semaine, à sa place. Il disait n'avoir ni le recul, ni la force de continuer longtemps cet exercice de correction.

— Quand je vous relis, j'ai l'impression d'entendre ma voix. Et je n'aime pas ma voix, a murmuré Beuzaboc.

Il s'est servi un verre d'eau, m'a regardé longuement et m'a demandé quelles étaient mes questions.

— La semaine dernière, vous avez parlé de « gars ». Des gars qui vous avaient demandé de prendre l'Anglais en charge. C'était qui, ces gars ?

— La Résistance. Qui vouliez-vous ?

— Vous apparteniez à un mouvement ? Un réseau ?

— Nous aurions dû commencer par là, a répliqué Beuzaboc.

Il a longuement tiré sur sa cigarette, les yeux sur les volets fermés. Son front perlait. J'avais relevé mes manches de chemise.

— Vous pensez que la Résistance fonctionnait comment ?

J'ai eu un geste vague. Je lui ai dit qu'il y avait des groupes chargés de la propagande, des journaux, du renseignement, des Corps francs jetés dans l'action militaire, d'autres encore responsables des filières « évasion » des Anglais abattus.

— Vous avez travaillé, a souri le vieil homme.

Puis il a fermé les yeux et enlevé ses lunettes.

— Connaissez-vous l'expression allemande *Nachlässigkeit* ?

J'ai secoué la tête.

— *Nachlässigkeit*, a répété Beuzaboc, en durcissant le mot.

Une fois encore, il a souri. Il semblait plus tranquille que les jours précédents. Il prenait ses aises. Alors qu'il ne le faisait jamais, il a posé sa canne à terre, allongé ses jambes et joint les mains sur son ventre.

— *Nachlässigkeit*, l'inattention, la nonchalance, la négligence. Dans les ateliers, les dépôts, les gares, c'était le véritable ennemi des Allemands. Les fonctionnaires de la Reichsbahn en devenaient fous.

Beuzaboc parlait, je notais. Il m'a dit qu'il y avait mille façon de résister. On n'avait en mémoire que les plus structurées, les plus spectaculaires. Le déboulonnage, les voies coupées, les convois déraillés, les wagons déshabillés par le souffle d'un explosif. Il m'a parlé des images de cinéma. Des gars en file, la nuit, sur le bas-côté des voies, avec sur l'épaule des clefs à molette ou des pinces coupantes longues et larges comme le bras.

— Vous voulez que je parle des crayons allumeurs ? C'est ça ?

Je n'ai pas bougé. Je n'ai cessé de le regarder, sans répondre à la question.

— Je vais vous dire. C'était pratique, les crayons allumeurs que nous envoyaient les Anglais. Et vous savez pourquoi ? Parce que le cordeau Bickford, il fallait l'enflammer et se tirer en courant. C'était une Bon Dieu de mèche lente, un centimètre par seconde. On les coupait au plus court pour être certain que la flamme irait au bout. Tandis que le crayon, c'était un détonateur à retardement. Vous saviez ça ?

J'ai bu un verre d'eau. Beuzaboc a sorti son mouchoir. Il s'épongeait comme un paysan se mouche.

— Vous ne saviez pas ça, hein ? Ils avaient chacun leur couleur. Les crayons noirs te laissaient dix minutes pour te mettre à l'abri et les rouges, trente minutes. On pouvait même poser l'explosif et ne plus y penser. Un crayon jaune réagissait après douze heures. Un bleu mettait vingt-quatre heures avant la mise à feu. C'est ça que vous vouliez savoir ?

J'ai fait semblant de prendre des notes. Sa main tremblait. Il tremblait. Tescelin Beuzaboc était parcouru de frissons. Il s'est penché en avant. Il a ramassé sa canne, s'est levé lourdement pour aller aux toilettes, à l'autre bout du couloir. Il est resté porte ouverte. Il pissait en parlant haut.

— Vous savez comment on faisait sauter un train ? Vous le savez ?

Je ne répondais pas. Je regardais cette obscurité devenue familière.

— On utilisait un allumeur à pression placé sous le rail. Au passage du train, le rail s'affaissait et déclenchait un percuteur qui frappait l'allumeur. Il enflammait ce qu'on voulait, une mèche lente, un pain de plastic 303, une grenade trafiquée, si on préférait.

Beuzaboc était revenu. Immense, voûté, la jambe gauche plus molle que d'habitude. Il n'avait pas tiré la chasse d'eau. Il a cherché une deuxième cigarette dans le tiroir de la commode et s'est assis lourdement. Une tache de sueur trempait sa chemise sur le torse et le dos.

— C'est ça qui vous manque, monsieur le biographe ?

— Qu'avez-vous employé à Ascq, le 1er avril 1944 ?

— Pardon ?

— Pour l'attentat du passage à niveau, vous avez employé quelle méthode ?

Cette fois, Beuzaboc semblait stupéfait. Il a avoué ne pas comprendre ma question. Je lui avais dit que nous reviendrions sur l'aviateur anglais et voilà que je lui parlais de ce drame. Pourquoi là ? Pourquoi maintenant ? Pourquoi passer comme cela de 1941 à 1940 avant de se ruer sans logique sur 1944 ? Je n'aurais pas dû lire le journal de Lupuline. Il en était persuadé. Ce qu'elle avait écrit enfant prenait les commandes de nos entretiens. Il voulait que je l'écoute, pas que je le questionne. Il a répété deux fois que c'était sa vie et sa manière d'en parler. D'ailleurs il ne savait plus où il en était. Je l'avais coupé dans son histoire, dans ses explications. Il a inspiré, posé ses mains sur le pommeau de sa canne. Il tremblait toujours.

— *Nachlässigkeit.*

Voilà ce qu'il voulait que j'écoute. Il en avait assez de la mythologie, de la bataille du rail, de la dynamite fournie par les mineurs ou du plastic anglais que tout le monde célébrait. Il disait qu'il y avait eu une autre résistance, moins connue, plus secrète encore, inorganisée. Une résistance de petits gestes, de petits oublis, de petites paresses. Une résistance de nonchalance qui avait fait perdre de l'argent et de la patience à l'ennemi. Bien sûr, il y avait les sabotages spectaculaires, mais aussi le sable fin versé dans les boîtes d'essieux ou mélangé à l'huile de graissage, les sabots de frein jetés dans l'évacuation des eaux de chaudière, les pièces mal réparées, la détérioration d'une bielle maquillée en usure normale, le temps perdu exprès et les pieds qui traînaient.

— Il n'y avait pas besoin de chef pour ça. Pas de réseau, pas de mouvement. C'était le gars tout seul. Lui, sa conscience et c'était tout. Personne n'a fait de livre ou de film là-dessus, personne.

Beuzaboc était fatigué. Il s'est tu. Il a levé une main et il s'est tu. Nous n'étions ensemble que depuis trente minutes mais j'ai compris que notre séance s'arrêtait là. Il s'est resservi à boire. Le ventilateur soulevait son pan de chemise et des poignées de cheveux blancs. Je n'osais pas refermer mon carnet. Ni bouger. Ni poser de question.

— On arrête, a murmuré le vieil homme.

— On arrête ?

— Oui. Pour aujourd'hui, on arrête.

J'ai rangé mon matériel. J'ai à peine tiré ma chaise. Je n'osais pas le regarder, mais lui m'observait.

— Vos questions sur Wimpy, on les verra la semaine prochaine. Ce sera notre septième rencontre, c'est ça ?

J'ai dit oui. De l'eau coulait entre mes cheveux. Je lui ai tendu la main. Il l'a prise. Il ne m'a pas raccompagné. Je suis sorti tendu. J'étais triste. La rue brûlait. L'air s'est écrasé sur moi comme une charge. Je voulais une bière, deux. De la fraîcheur par litres entiers. Je suis rentré chez moi. Je n'ai pas écrit. Ecrire quoi ? En haut de la page de droite, j'ai noté la première question qu'il me faudrait lui poser le mardi suivant. La même. Sans elle, je n'avancerais pas « Qui étaient les "gars". D'où venaient ces hommes ? » Un jeune homme cache un aviateur anglais en France occupée puis lui fait passer la Somme. A qui le confie-t-il ensuite ? Un jeune homme assassine un soldat allemand en pleine ville et en plein jour. A qui rend-il des comptes le soir venu ? En ces temps, un jeune cheminot pouvait desserrer un boulon, traîner les pieds à l'atelier, égarer un plan de montage, baisser une manette du coude. Mais il lui était impossible, sans aide, sans appui, sans consigne ou sans ordre, de protéger un homme et d'en tuer un autre.

15.

Ce fut un moment superbe et inquiétant. J'attendais sa réponse. J'attendais sans un mot, capuchon du stylo entre les lèvres. Une fois encore, j'avais trouvé le vieil homme immense, occupant toute la pièce. Depuis le début de la séance, Beuzaboc avait gardé son mouchoir à la main. Il ne se tapotait plus le front, mais l'ouvrait grand, le mouillait au goulot de sa bouteille et le plaquait sur son visage. Pour la première fois ce matin, la radio avait parlé de « canicule ». Nous étions le mardi 5 août 2003. La chaleur était compacte. Elle pesait sur les épaules, restait en lèvres sèches, en nez douloureux, en gorge comme une boule de pain. Beuzaboc avait poussé la vitesse du ventilateur. Les pales battaient l'air devenu soupe épaisse.

— Vous aviez un nom de code. On avait un nom de code lorsqu'on appartenait à un réseau. Vous combattiez avec quelle organisation ?

Le vieil homme venait de retirer le mouchoir de son visage. Il l'avait longuement plaqué, moulant ses traits dans le tissu blanc. Il m'a regardé. Il a fermé les yeux, remis ses lunettes. Et puis il a chanté.

Paupières closes, mains posées sur les accoudoirs du fauteuil, canne entre les genoux, il a chanté. Comme s'il était seul, ou fou, ou fatigué de tout.

Je viens de fermer ma fenêtre
Le brouillard qui tombe est glacé
Jusque dans ma chambre, il pénètre
Notre chambre pleure le passé

J'ai noté ces paroles pour me donner une contenance. Avec soin, sur la page de droite, comme on note une réponse. J'ai noté pour ne pas relever la tête. Pour ne pas déranger le vieil homme. Sa voix était rocaille, sourde, en éclats de briques.

— Vous connaissez ?

— Oui, j'ai répondu. La musique, pas les paroles.

Le vieil homme a souri. Il a trempé son mouchoir une nouvelle fois. Il a dit que souvent, c'était ainsi. De la guerre, les gens d'aujourd'hui connaissaient la musique, mais pas les paroles. Il s'est levé. Il est allé aux volets tirés comme s'il cherchait l'air à travers les rais de lumière.

— Cette chanson s'appelle « Seule ce soir », elle était chantée par Léo Marjane en 1941.

Puis Beuzaboc est allé aux toilettes. Plus lentement qu'à son habitude,

Encore, il a chanté.

Dans la cheminée le vent pleure
Les roses s'effeuillent sans bruit
L'horloge, en marquant les quarts d'heure,
D'un son grêle berce l'ennui.

Il est revenu. Il s'est assis. Il a ouvert son étui à cigarettes.

— Pardonnez-moi. Quelle était votre question ?

Sa voix était douce. Il parlait comme on interroge un enfant.

— Je voulais connaître le nom de votre mouvement.

— Vous avez cherché ?

— Oui.

— Vous avez des pistes ?

— Je ne sais pas.

— Dites toujours.

J'ai tourné les pages de mon carnet.

— *Evasion* ?

— Non.

— *Alliance* ?

— Non

— *Pat O'Leary* ?

— Non

Il souriait comme au milieu d'un jeu.

— *Zéro* ? *Comète* ?

Il a secoué la tête.

— Je vois que vous vous intéressez à votre sujet.

— Je m'intéresse à vous.

— Continuez.

— *Libé Nord* ? *Voix du Nord* ? *Sylvestre Farmer* ? *Notre-Dame* ?

— C'est un peu gênant, non ?

— J'ai besoin de savoir pour avancer.

— Mais pourquoi ? Quelle importance ? A Boulogne-sur-Mer, un groupe de partisans s'était appelé *Le Club des tordus*. Vous le saviez ?

— Je ne le savais pas.

— Et alors ? Ça change quoi ? Ils ont existé et vous ne le soupçonniez même pas.

— J'essaye de faire mon travail au mieux. Je veux vous faire honneur.

Beuzaboc a secoué la tête. Ce n'était ni agressif ni irrespectueux, juste las. Un geste de fatigue et de fournaise. Il a bu un verre d'eau et allumé sa cigarette. Une fois encore, il a secoué la tête en regardant le ventilateur.

— Ne me faites pas honneur. Respectez-moi.

— Je vous respecte.

— Alors écoutez-moi.

— Je vous écoute.

— Je n'étais pas organisé au sens où vous l'entendez.

— Vous résistiez seul ?

— Plus ou moins. Avec les copains.

— Trompette ? Fives ? C'est ça ?

— C'est ça. Eux, et d'autres.

— Des cheminots ?

— Des cheminots.

— Vous avez des noms ?

— *Nein !*

J'ai sursauté. J'ai porté un doigt à ma bouche et me suis excusé. Cette réponse en allemand était une violence.

Depuis le début de la séance, je me trouvais agressif. Je parlais plus rudement que d'habitude. Pas durement mais de façon rugueuse. Je l'interrogeais.

J'avais demandé à Beuzaboc quelles étaient ses lectures de partisan. Comment il s'informait. Le vieil homme s'est contenté d'évoquer la radio de Londres. Alors j'ai cité *L'Enchaîné*, *Les Petites Ailes* une feuille ronéotée qu'il fallait « lire attentivement, recopier copieusement, distribuer prudemment ». J'ai parlé de *La Voix du Nord*, un tract passé de main en main ou roulé dans les guidons de vélo. Il ne les lisait pas ? Pourquoi ? En avait-il seulement entendu parler ? Puis je lui ai demandé où il se procurait les explosifs, les crayons détonants, les armes. Des parachutages ? Mais où, les parachutages ? Et qui distribuait le matériel, qui partageait les tâches ? Beuzaboc éludait, buvait beaucoup, reprenait une question plus loin en ignorant la précédente. Lâchait une phrase fourbue.

— Dans la région, il n'y avait pas de maquis, pas de héros, pas de légende.

Il s'éventait avec la main, ouvrait sa chemise, la secouait, mouillait son grand mouchoir, se levait encore et encore. Cette fois-là, il a fumé trois cigarettes. Jamais je ne l'avais vu en écraser une pour en allumer une autre. Alors que Beuzaboc était aux toilettes, je me suis levé à mon tour pour marcher un peu. J'étouffais. Mon pantalon était collé à mes cuisses, ma chemise détrempée dans mon dos. Un instant, je me suis demandé s'il ne valait pas mieux ouvrir la fenêtre en grand. Cette pièce ne semblait jamais avoir connu le jour. Par les lattes des volets, je pouvais voir le ciel, d'un bleu cobalt, et aussi la chaleur en remous qui voilait les immeubles. En face, à son balcon, une femme tenait sa poitrine à deux mains comme si elle suffoquait. J'ai regagné l'ombre.

En retournant à ma place, j'ai observé l'étui à cigarettes du vieil homme pour la première fois. Je l'ai pris dans mes mains. C'était une boîte carrée et plate en métal. Le haut était rouge, strié de fines rayures, et le bas était blanc. Le mot « Belga » se détachait du fond et aussi, une image de femme. Je me souvenais de ces cigarettes belges. Mon père en fumait parfois, revenant de Bruxelles. Il les laissait dans l'entrée, avec ses clefs et des pièces de monnaie belges. La femme occupait tout le paquet, dessinée en buste dans un disque rouge cerclé d'or. Son visage était ovale, parfait, ses yeux charbon, sa bouche légèrement soulignée. Ses cheveux fauves étaient coiffés en tresses, relevés en macarons qui lui couvraient les oreilles. Elle avait un chapeau noir, rond, à large bord, et une aigrette dorée, qui s'en allait mourir dans une écharpe jaune paille qu'elle portait en étole.

— Vous fumez ? a demandé Beuzaboc revenant au salon.

J'ai sursauté. J'ai dit non, et reposé la boîte sur le guéridon.

— Et vous ? Pourquoi une cigarette par jour ?

Le vieil homme a regardé l'étui. Il a raconté que lors de la débâcle de mai 1940, après avoir perdu Maes et Deloffre sur le pont mitraillé, il avait fait retraite avec un soldat belge. Deux vaincus sur une route épuisée de civils, traînant leurs uniformes pour rien entre les colonnes inquiètes, les ballots portés à dos d'homme, les chevaux harassés, les charrettes à bras et les voitures abandonnées. Ils ont marché cinq jours, dormant dans les fourrés, sous un arbre mort, dans un lavoir à sec, contre le mur d'une chapelle sans toit. Le Belge venait de Slijpe, une petite ville à huit kilomètres de Dixmude. Il s'appelait Flupken. Il cachait un paquet de

Belga dans une poche de vareuse. Beuzaboc gardait un saucisson à l'ail au fond de sa musette, enveloppé dans un papier bleu. Chaque jour, le Français a débité quatre tranches fines. Deux pour lui, deux pour l'autre. Chaque soir, le Belge a coupé une cigarette par le milieu. Une Belga par jour, jusqu'à ce qu'ils se quittent, à Laon le 22 mai. Beuzaboc a donné au Belge la moitié de saucisson qui restait. Flupken a partagé avec Beuzaboc trois cigarettes froissées. Une pour lui, une pour le Français et il a déchiré la dernière. Longtemps, Beuzaboc a gardé dans sa poche de vareuse la cigarette entière. Il la conservait, comme son crayon à mine, sa gamelle, sa cuillère et sa couverture. Une nuit d'orage, la cigarette n'a pas résisté à la capote trempée. Il a mangé le tabac mouillé à pleins doigts, comme il l'aurait fait d'une chique.

Et puis un jour, bien des années après la guerre, il a reconnu un paquet de Belga rouge dans un café de Mons. Il a vu la dame au large chapeau, à l'aigrette dorée, aux cheveux macarons et à l'écharpe jaune paille. Flupken le Belge l'appelait *Het vrouwke, La petite femme*. Il lui parlait, couché dans le fossé de la défaite et le paquet à hauteur des yeux. Il lui demandait conseil sur la route à prendre. Il s'en remettait à elle. Il la priait un peu, il l'embrassait parfois. Une nuit, le soldat lui a même chanté une chanson d'amour.

A cinquante ans Beuzaboc a arrêté de fumer. Il est passé de deux paquets par jour à un seul, puis de dix cigarettes à cinq, puis de cinq à une. Depuis plus de trente ans, il ne fumait plus qu'une cigarette. Des Belga, que Lupuline rapportait de Mouscron. Au début, lorsqu'on lui demandait pourquoi il fumait ça, il racontait sa jeunesse, la débâcle, Flupken. Puis on a cessé de lui poser la question. Et il a cessé de penser à sa jeunesse. Il s'est habitué à ce goût âcre, voilà tout. En 1960, dans un marché aux puces bruxellois, il a acheté un étui métallique rouge et blanc à l'image de la marque. Parce que *Het vrouwke* était dessinée sur le couvercle. Souriante, élégante, qui l'écoutait parfois.

Le vieil homme était épuisé. Je faisais mine de classer mes notes. Moi à ma table, lui dans son fauteuil, avec le ventilateur sur pied déplacé du mur au centre de la pièce.

— Je n'ai rien lu sur l'exécution de votre soldat dans la presse.

J'ai dit ça avant de me lever. Par surprise. En refermant mon cartable.

— Vous avez cherché ?

— J'ai cherché.

— Et ?

— Et rien. Ou plutôt si, un petit quelque chose.

J'ai ouvert mon carnet au signet violet.

— J'ai trouvé cette information dans *Le Grand Echo du Nord* daté du vendredi 3 janvier 1941. Le lendemain de votre action. Elle parle du Mongy, le tramway dans lequel vous avez tué le soldat allemand.

— Et que dit-elle, cette information ?

— Rien sur Fives, rien sur Trompette, rien sur vous.

— Où voulez-vous en venir ?

— Voici ce qui s'est passé ce jour-là. Ecoutez.

J'ai lu lentement, allant du texte au regard de mon client.

« Hier à 14 h 45, Mme Louise Debarbieux, demeurant à Roubaix, 154, rue Decrême, est tombée du tramway Mongy à l'angle du boulevard Carnot et de la rue des Jardins et s'est blessée légèrement aux coudes. Cette dame a été invitée à se faire visiter par un docteur, mais elle a refusé, disant qu'elle regagnerait son domicile. »

— Pourquoi me lisez-vous cela ? a demandé Beuzaboc.

— Parce que cela s'est passé à Lille, le jeudi 2 janvier 1941.

— Je ne vois pas le rapport avec moi.

— Cela s'est réellement passé à Lille, le jeudi 2 janvier 1941.

— Je ne comprends pas.

Le vieil homme s'est levé avec peine. J'étais debout.

— Je remarque qu'un journal mentionne une dame qui s'érafle les coudes et ignore l'assassinat d'un soldat allemand.

— Et alors ? Que croyez-vous ? Les vraies informations n'étaient pas dans la presse, mais collées sur les murs, imprimées sur des affiches en français et en allemand.

— Je l'ai vue, votre affiche. Les dix otages fusillés et les cinquante déportés. Elle répond à l'exécution d'un soldat le 20 avril 1942, quinze mois plus tard.

Le vieil homme s'est raidi.

— Vous doutez de moi.

Je refermais mon cartable.

— Vous doutez de moi, c'est ça ? a répété Beuzaboc.

Je sentais la sueur le long de mes jambes.

— Dites-le.

Le vieil homme s'était redressé. Au milieu de la pièce. Appuyé d'une seule main sur sa canne. L'air brassé soulevait ses cheveux sur le devant. Trois boutons de sa chemise étaient ouverts. Elle pendait dans son dos, sortie du pantalon. Tescelin Beuzaboc était un animal. Une fois encore, je l'ai trouvé impressionnant et beau. J'ai pensé à mon père. C'était injuste. Pierre Frémaux était terne, petit, le regard perdu derrière ses épaisses lunettes. Toute mon enfance, j'avais eu du mal à imaginer sa force.

— Si vous doutez de moi, dites-le, a doucement répété le vieil homme.

— Je ne le dis pas.

J'étais naufragé, mort en moi, tourmenté par la gêne. Je doutais. Bien sûr, je doutais. Une fois encore, une fois de plus, une fois de trop. Je frissonnais du mensonge. J'ai levé les yeux. J'ai croisé l'acier du regard, sa tranquillité, son silence. Nous ne nous sommes pas serré la main. Beuzaboc est resté au salon, debout dans l'ombre ardente.

16.

Le lendemain, en fin de journée, Lupuline a demandé à me voir. Elle n'est pas venue à mon bureau. Elle voulait de l'air. Nous nous sommes retrouvés place de la République, face au palais des Beaux-Arts, assis sur la margelle de la grande fontaine. Le ciel était fournaise. Lupuline avait enlevé ses chaussures. Des sandales rouges à larges brides en forme de lézard sommeillant. Elle trempait ses pieds dans l'eau jusqu'aux chevilles. Il y avait longtemps que je n'avais pas effleuré une peau de femme. La sienne était très blanche.

— Je sais qu'il y a un problème et je veux que vous m'en parliez.

Je regardais mes chaussures de ville, mes chaussettes de coton. De jeunes hommes marchaient en short et nu-pieds.

— Votre père a du mal à se confier.

— Il m'a dit que vous étiez cassant.

Lupuline jouait avec l'eau. Elle caressait sa cheville gauche avec son pied droit. Elle parlait sans me regarder, observant les jeux d'enfants plus loin. J'ai haussé les épaules. Jamais, je ne faisais cela. Je trouvais ce geste inutile et impoli.

— J'ai peut-être été pressant.

— Il m'a dit aussi que vous l'interrogiez à la manière d'un gendarme.

Geste d'épaules, encore. Je n'avais pas de mot pour avouer mes soupçons. Je n'en avais ni l'envie ni le courage. Je regardais les sandales rouges couchées sur les pavés. J'observais Lupuline. Elle avait les silences de son père. Des silences Beuzaboc, de méfiance et d'hostilité.

— Il dit aussi que vous ne lui donnez plus rien à lire.

— C'est parce qu'il ne me répond plus.

Lupuline est revenue à moi. Elle était tête penchée, comme surprise.

— Vous répondre ? Il n'est pas là pour répondre, mais pour raconter.

C'est la cliente qui parlait. Elle payait. Elle voulait que le livre avance, que son père soit heureux de l'avoir accepté. Elle ne voulait pas qu'il l'appelle après chaque séance pour se plaindre. Répondre ? Mais répondre à quoi ? Le biographe recopiait, il n'enquêtait pas. Il devait faire comme un enfant qui écoute une histoire, dans l'obscurité de sa chambre, couché sur le ventre et la tête dans les mains. C'est comme ça que Lupuline entendait ce travail. Son père savait mieux que personne ce qu'il avait à dire. Et personne ne devait rien lui dicter. Lupuline était ferme. Une voix nouvelle. Son père lui avait dit que je cherchais des documents, que je lisais des livres, que je visitais les musées, que je marchais dans les cimetières, mais pour recueillir quoi ?

— Des indices ? a-t-elle demandé.

Le vieil homme lui avait même parlé de « preuves ».

— Mon père a quatre-vingt-quatre ans. Ne lui demandez pas plus qu'il ne peut nous offrir. Il est très affaibli par cette chaleur. Il sort de vos entretiens plus fatigué et plus tourmenté chaque fois.

Lupuline s'est rafraîchi le visage d'une eau en spray. Elle me parlait comme on réprimande un ouvrier sur un chantier en retard. Elle souhaitait que je me concentre sur la guerre de son père. Je n'étais pas là pour faire œuvre d'historien. Je devais mettre sa vie au propre, mieux rassembler les mots, en trouver de plus vifs, ordonner les phrases éparses, les dates, les faits, rendre aux souvenirs leur parfum de mémoire. Voilà. C'est ce que je devais faire. Et aussi m'assurer que Beuzaboc buvait de l'eau régulièrement.

J'ai hoché la tête. J'avais mal partout, de la nuque au bas du dos. Lupuline a séché ses pieds avec un mouchoir. Elle a remis ses sandales. Elle s'est levée. Elle a lissé sa robe à deux mains.

— Vous ne me cachez rien ?

J'ai dit non. Je ne lui cachais rien. La chaleur énervait tout le monde, voilà tout. Je trouvais Beuzaboc attachant et fort. J'ai dit que je ne cherchais ni indices ni preuves, mais quelques diamants de plus. J'ai expliqué que ce n'était pas mon habitude. Jamais. J'écoutais mes clients, puis transcrivais leurs propos jusqu'à l'invraisemblable. Mais cette fois, en présence de cet homme et de cette histoire, je m'étais obligé à une autre discipline.

J'ai hésité. Lupuline attendait autre chose. Alors je lui ai parlé de mon père.

— Votre père ?

Je marchais avec elle en direction du métro. J'ai expliqué les Corps francs, le réseau *Ven-*

geance. Et j'ai tout dit, ou presque. Mon père, qui avait refusé de se confier à moi. Qui avait dit qu'il était trop tard pour l'Histoire. Que l'honneur avait perdu patience. Mon père qui était entré en guerre comme agent d'assurances et qui était redevenu agent d'assurances juste après. J'ai parlé de son regard de myope. De son corps frêle et cassant. De sa voix. J'ai parlé de ses costumes ternes, de ses gestes murmurés. J'ai parlé de tous ces gens qui ne s'étaient jamais doutés de sa vaillance. Ni de son arrestation. Ni de sa déportation. C'était pour cela, peut-être, probablement, évidemment, que j'étais malhabile avec Beuzaboc. Je partais sur les traces de son père comme si c'était le mien. Ce parallèle étouffant, ce double, cette envie de fierté pour un père comme pour l'autre. Je me suis emporté. J'ai dit à Lupuline qu'elle ne devait rien regretter. Elle avait bien fait de faire appel à moi. Je ferais attention. Je parlerais au vieil homme comme on parle à un vieil homme. Je me suis excusé.

A l'entrée du métro, Lupuline s'est arrêtée. Elle m'a observé.

— Avez-vous des doutes, monsieur Frémaux ?

— Sur mon père ?

— Sur le mien.

— Je ne comprends pas.

Ma tête battait. Lupuline a regardé la ville par-dessus mon épaule. Elle m'a pris doucement par le bras. Nous gênions l'entrée du métro. Elle m'a conduit en face, contre une boutique. Moi contre la vitrine, elle dos à la rue. Elle a allumé une cigarette. Je ne savais pas qu'elle fumait. Ses yeux me questionnaient.

— Que voulez-vous savoir ?

— Je devrais savoir des choses ? a demandé Lupuline.

J'ai eu un regard las. J'ai senti les crocs du piège.

— Tout ce vous devez savoir sera dans cette biographie.

J'ai répondu ça comme ça. Une phrase au hasard. J'attendais.

Lupuline a souri. Elle m'a tendu la main. C'était juste un contact de peau, une pression très douce.

— Ce n'est pas la bonne réponse.

— Pas la bonne réponse ?

Elle a gardé ma main dans la sienne.

— Tout ce que mon père m'a raconté sera dans sa biographie. C'était ça, la bonne réponse.

J'étais stupéfait. Son visage était calme et son regard très droit. Elle souriait enfin. Pas une manière de Beuzaboc, mais un éclat de Lupuline.

— Ménagez-moi, monsieur Frémaux. Contrairement à ce que je vous ai dit, je suis une enfant qu'on rassure.

J'ai inspiré en grand. Je l'ai trouvée belle. Elle a eu un mouvement de paupières, celui qui vous demande si tout est bien compris.

— Nous sommes d'accord ?

J'ai hoché la tête. Elle a quitté ma main, hésité un instant. Puis elle a fait un geste, trois doigts d'adieu.

— Alors, à nos pères, a murmuré Lupuline Beuzaboc.

17.

— Qui va fleurir nos tombes ?

— Pardon ?

— Demain, qui va apporter des fleurs sur nos tombes ?

— Que voulez-vous dire ?

Beuzaboc a eu un geste vague. Il a levé la canne d'entre ses jambes pour la reposer lourdement sur le sol. Il boitait douloureusement. Il était en maillot de peau. En arrivant, j'avais augmenté la vitesse du ventilateur. Le thermomètre posé sur la bibliothèque indiquait 39°. Depuis quelques minutes, le vieil homme parlait du cimetière d'Annequin. Il était retourné sur la route de La Passée. Il décrivait Maes et Deloffre, ses copains de vélo. Il se demandait quel visage pouvait bien avoir Albert Osborne, le jeune Anglais qu'ils avaient choisi d'honorer.

Il voulait que j'imagine la scène. Trois jeunes Français, sans lien entre eux, qui s'en venaient fleurir la tombe d'un inconnu de vingt-deux ans mort vingt-cinq ans plus tôt. Et qui faisaient cela pour se sentir vivants.

— Qui va fleurir nos tombes pour se sentir vivant ? a ri Beuzaboc.

Il a ouvert l'étui à cigarettes, passé la main dans ses cheveux et essuyé sa paume sur son pantalon de lin clair.

— On continue ? a demandé le vieil homme.

J'ai hoché la tête. Je voulais parler d'Ascq. De l'attentat au passage à niveau, du massacre commis par les SS en représailles. Mais je n'ai pas osé affronter le doute une nouvelle fois. Je voulais encore laisser sa chance à Beuzaboc. Lui donner le temps de s'expliquer. Et puis rassurer Lupuline.

C'était notre huitième séance. La tombe fleurie du soldat Osborne était écrite, relue, corrigée. Et aussi la mort de l'Allemand. Et encore l'aventure de Wimpy, l'aviateur anglais caché dans la ferme. C'était peu. Ce n'était rien, en fait. La veille, relisant mes textes, j'avais senti la réticence rôder à chaque mot. Je trouvais à mon travail un parfum d'hésitation. Après le cimetière d'Annequin, après ce moment limpide, tout s'était terni. Je n'avais pas trouvé les phrases pour dire le soldat abattu. J'avais recopié deux formules, trois expressions. Mon écriture n'était pas à la hauteur de cet instant. Voilà qu'un homme en tuait un autre. Et puis rien. Ni exaltation, ni colère, ni tristesse, ni beauté. Moi qui aimais les mots, je n'en trouvais pas d'autres que ternes. Me relisant, je n'avais rien senti de la guerre. Ni la ville sombre, ni les têtes baissées. Je n'entendais pas les bottes. Je n'avais ni peur ni faim. C'était raté. Je le savais. Quelque chose manquait à mon récit. J'ai regardé le vieil homme qui fumait, les yeux clos. C'est lui, qui manquait. Il n'était pas là. Jamais, il n'avait été là. Il ne s'offrait pas. Ne lacérait pas sa chair en lambeaux de mémoire.

Beuzaboc était absent pareil en racontant Wimpy. Quelle histoire magnifique, pourtant. Voilà deux hommes traqués par la mort brune. Deux soldats vaincus, silencieux, aux aguets. Terrés dans la grange aux songes. Nourris quand la nuit tombe. Qui ne parlent pas la langue de l'autre. Qui rêvent, qui boivent, et qui refont la guerre tandis que les heures passent. Voilà deux êtres tellement seuls qu'ils en rient. Et puis voici l'un d'eux, le plus jeune, qui raconte ces journées soixante-trois ans après. Et qui le fait sans passion, sans éclat, avec des mots sans timbre. Me relisant le soir, après cette séance, j'avais relevé à nouveau cette phrase : « L'aube pâle qui cadavre le teint. »

La formule était risquée. Je l'avais choisie pour décrire le visage de Wimpy, au petit jour. Je l'ai relue une fois, deux fois. Et puis je l'ai biffée. Elle était bien au-delà de ce que Beuzaboc m'avait dit. Elle était trop grande pour la façon qu'il avait de se souvenir. C'est moi qui racontais, en fait. Qui interprétais. Qui faisais les questions et souvent les réponses. « L'aube pâle qui cadavre le teint. » Avec soin, j'avais recopié la phrase sur la page de gauche. Je ne voulais pas m'en défaire. J'y tenais. Elle trouverait sa place ailleurs, dans une page à écrire que je ne savais pas encore.

Beuzaboc me dévisageait.

— Ça ne va pas ?

— Et vous ? Votre jambe ?

Il a posé la main sur sa cuisse gauche.

— Cela peut être le sujet du jour ?

— Votre jambe ?

— Le 10 avril 1944, lorsque j'ai été blessé.

— Je vous écoute.

J'ai souri, en ouvrant mon carnet. Beuzaboc avait une autre cigarette dans sa poche de chemise. Il a bu un verre d'eau, il a enlevé ses lunettes et il a raconté. Il a raconté comme j'aimais. Comme il avait raconté le cimetière d'Annequin. Avec de la voix, des yeux, un tremblement de mains. Il a raconté sans me quitter. « Il parle vrai », j'ai écrit sur la page de gauche.

Le 9 avril 1944 était dimanche de Pâques. Des communiantes en mousseline blanche riaient dans les rues. Les femmes avaient quitté le tablier pour une toilette. Les hommes trinquaient. Tescelin Beuzaboc vivait à Lomme, rue Anne-Delavaux. Il partageait un logement cheminot avec un gars du dépôt de Délivrance. Il s'était couché tôt, ce soir-là. L'autre s'appelait Julius, ou Jules, ou Julien, Beuzaboc ne se souvenait pas. Julius dormait dans la chambre. Tescelin, sur le canapé du salon. Ils avaient un jardin minuscule, l'eau courante, l'électricité, le tout-à-l'égout. A minuit, l'aviation britannique a frappé le dépôt de Lille. Vingt minutes. Beuzaboc raconte qu'il a été jeté au bas de sa couche. Il a enfilé un pantalon en tremblant, une chemise, des chaussures sans chaussettes. Les bombes tombaient à l'aveugle. Sur la gare de triage, sur les ateliers, sur la cité ouvrière.

— J'étais sourd, j'avais du plâtre et du ciment partout.

Je notais, mon regard dans le sien.

Une deuxième vague de bombardiers s'est abattue sur la ville. Beuzaboc était assis, adossé à un mur, jeté là par le souffle d'une explosion. Les chalets ouvriers étaient vulnérables. Il n'y avait ni cave, ni abri. Les enfants, les femmes, les hommes, se ruaient tous ensemble dans le brasier. Pendant vingt minutes encore, les bombes ont haché la ville. Beuzaboc a voulu se relever. Il a été maintenu au sol, précipité en avant, bouche écrasée sur le trottoir. Quelque chose l'avait frappé à l'aine, ou à la cuisse, une boule de douleur immense, qu'il ne pourrait décrire. Tant d'années après, il ne savait pas comment raconter cela. Comment dire cette souffrance. Il a parlé de « mal de mort ». J'ai sursauté. J'ai noté cette phrase précieuse en l'entourant de rouge.

Le fémur gauche du cheminot était brisé, broyé en plusieurs endroits par des fragments d'acier. Les chairs profondément brûlées. Il avait des éclats dans le mollet et dans la cheville. Il a regardé sa jambe. Le ciel. La ville qui brûlait. Sa jambe encore, ses mains sanglantes qui comprimaient sa cuisse. Et puis il s'est couché sur le côté.

Au matin, 456 civils étaient morts et plusieurs centaines d'autres, blessés. Mille immeubles avaient été entièrement détruits et trois mille autres endommagés.

Voilà. Beuzaboc a bu un verre d'eau. Il a levé la main pour dire que c'était fini. Il était fatigué. Il voulait que je le laisse.

— Vous avez sauvé votre jambe ?

— Ils l'ont sauvée, m'a répondu Beuzaboc.

Et puis il s'est levé. S'appuyant sur sa canne et cambrant le dos. La séance n'avait duré que trente-cinq minutes.

— Je vous raccompagne.

J'étais vaguement déçu. Une fois encore, je n'avais pas assez de matière. Et après ? Que s'est-il passé après la blessure ? Quel visage avait la ville au matin. Les morts, les blessés, les ruines, les ombres errantes. J'aurais voulu tout cela à écrire. J'aurais voulu Beuzaboc, transporté sur son brancard ou hissé à bras d'hommes. Le regarder gémir pour trouver sa douleur. Il me manquait le fracas du métal et le cri de la chair, mais je sentais que tout cela était vrai. J'étais certain que Beuzaboc était bien là, cette nuit-là, dans cet enfer, courant dans une rue de poussière, jeté contre le sol par une volée de métal, lacéré pour la vie.

Le vieil homme était passé devant. Il a ouvert la porte d'entrée. Il m'a tendu la main.

— Vous me parlerez de votre père ?

J'ai dit oui. Juste oui. Rien d'autre. Lupuline avait dû lui rapporter mes confidences. J'étais sur le seuil lorsque Beuzaboc m'a retenu.

— Savez-vous à qui j'ai pensé lorsque j'étais sous les bombes ?

— Je ne sais pas, non.

— A Wimpy.

Beuzaboc a souri. Avec un peu de chance, l'aviateur avait rejoint l'Espagne, il était retourné en Angleterre, il avait repris sa place dans la tourelle arrière de son avion. Il était revenu faire son travail ici.

— Vous lui en voudriez si c'était le cas ?

Le vieil homme a eu un geste surpris. Pas du tout, a-t-il dit. Ce n'est pas Wimpy qui tuait, c'était la guerre. Dans une guerre, un jour on est Wimpy, le lendemain on est Beuzaboc. On tue, on est tué. Voilà tout.

— On peut aussi détourner les yeux de tout cela.

— On peut, oui, mais alors on est mort, m'a-t-il répondu.

*

J'ai bu une bière en rentrant chez moi. Un demi soulevé au comptoir, sans un regard, sans un mot. Mon cœur était en veille. La ville était trop dense, comme l'air, comme le jour tombant, comme tout ce qui poissait les paumes. Depuis quelques jours, j'avais l'impression de respirer de la poussière de bois. La température ne redescendait plus. Ni le jour, ni la nuit. J'ai relu mes notes. Le bombardement de Lomme. J'ai souligné quelques mots puis tapé « Un mal de mort » sur mon ordinateur. Cela faisait un beau titre de chapitre. Ensuite, j'ai erré de phrase en phrase, tournant les quelques pages de la huitième séance. Il me manquait quelque chose. C'était mieux que la mort de l'Allemand, mieux que Wimpy même, mais Beuzaboc parlait d'épouvante sans la faire partager. Il nommait les choses, il ne les montrait pas. Il ne les vivait pas. « Il ne les a pas vécues », j'ai pensé, une fois encore, en m'aspergeant le visage d'eau tiède. J'ai essayé d'écrire. Je n'ai pas pu. Mes fenêtres étaient ouvertes. Trop de bruit montait de la rue. Posé sur la table, le ventilateur brassait l'air pour rien.

18.

J'ai dit à Beuzaboc :

— Racontez-moi l'attentat d'Ascq.

Il m'a répondu doucement :

— Parlez-moi de votre père.

Je m'attendais à cela, mais pas ce jour-là en début de séance. Nous étions le mardi 19 août 2003. A cause de la chaleur, nous avions décidé de reculer d'une heure nos rencontres. Le vieil homme avait enlevé ses lunettes et posé un linge humide sur son front. L'appartement était plus sombre que d'habitude. En entrant, j'avais remarqué les deux cigarettes glissées dans l'étui ouvert. Beuzaboc venait de se servir un grand verre d'eau. Il me regardait en buvant. Il a posé la question sur mon père et puis il a bu longuement sans me quitter des yeux. Avec sa canne, il tapotait une tache de lumière sur le parquet.

— Votre père, a-t-il répété.

Alors je lui ai dit qu'il s'appelait Pierre. Qu'il était mort et qu'il me manquait. Je lui ai dit ça comme ça, avec ces mots-là.

— Il est mort, et il me manque.

— Lupuline m'a dit qu'il avait été déporté.

J'ai hoché la tête.

— Il était dans la Résistance, n'est-ce pas ?

Oui. Il était dans la Résistance. Pendant quatre ans, Pierre Frémaux s'est appelé Brumaire, comme vous vous appelez Beuzaboc. Jusqu'à sa mort, bien après la guerre, l'un de ses amis a continué de l'appeler comme ça. Aujourd'hui, Brumaire est même gravé sur une plaque de marbre noir déposée sur sa tombe. J'avais demandé à mon père pourquoi Brumaire ? Quelle idée ? Comment passe-t-on d'un nom de paix à un prénom de guerre. J'avais onze ans. Nous étions à table. Il a souri. Il a regardé mon assiette. Il m'a dit de manger, que ça allait être froid.

— Je savais qui vous étiez. Lorsque ma fille m'a parlé d'un Frémaux, j'ai fait le rapprochement. C'est pour ça que j'ai accepté de vous rencontrer.

— Vous connaissiez mon père ?

— Non. Juste ce que j'en ai lu dans le journal le jour de sa mort.

— Mais vous étiez à son enterrement.

Beuzaboc a eu un geste de surprise.

— J'étais à son enterrement, oui. Lupuline m'accompagnait d'ailleurs.

— Je sais. Je vous ai vus.

Le vieil homme a repris sa position attentive.

— Parlez-moi de *Vengeance*.

J'ai refermé mon carnet noir et j'ai parlé. Beuzaboc m'écoutait avec précaution, front ridé et regard immobile. Je lui ai dit que *Turma-Vengeance* avait été l'une des plus importantes formations clandestines de France. Près de trente mille hommes, qui combattaient de Mayenne en Normandie, de Paris à Quimper, de Nièvre en Seine-et-Marne. Une unité de *Vengeance* était composée de dix hommes. Deux unités formaient une section. Cinq sections donnaient naissance à une compagnie franche. J'ai expliqué que mon père avait d'abord combattu dans une section d'assaut du Loiret. Que le département était sous les ordres du lieutenant Guyot, qui se faisait appeler *André*. Et puis qu'il a rejoint la banlieue parisienne jusqu'à son arrestation, le 2 février 1944.

— Je n'ai pas croisé de gars de *Vengeance* dans le coin, a dit Beuzaboc.

Non. Il avait raison. Lille comptait deux compagnies de partisans, mais ils dépendaient de *Libre Patrie* et *Vengeance* n'y avait pas d'éléments.

Le vieil homme m'a regardé. Il semblait amusé.

— C'est votre père qui vous a raconté tout ça ?

Non. J'ai enquêté, j'ai lu, j'ai retrouvé son histoire trace à trace. Après la guerre, mon père avait participé à quelques réunions d'anciens des Corps francs, à quelques enterrements. Mais c'était tout. Il trouvait que *Vengeance* était injustement méconnue. Que d'autres réseaux avaient capté gloire et reconnaissance à leur profit. « Les accapareurs d'honneurs », comme il les appelait. Son mouvement fut décapité au début de l'année 44. Ses cadres arrêtés, fusillés, déportés. A la Libération, *Vengeance* était absente des rues en liesse. Pierre et ses camarades de captivité étaient rentrés trop tard pour être célébrés.

— Tout le monde était résistant lorsqu'il est revenu, non ?

J'ai souri. C'était le sentiment de mon père à son retour de camp. Dans l'ombre de l'avancée américaine, la poignée de braves s'était transformée en multitude, avec presque autant de brassards tricolores que la France comptait de bras. Une seule fois il m'en avait parlé. Brièvement, sans colère et sans amertume. « L'espèce humaine », avait-il grogné. Ce fut tout.

— Où a-t-il été déporté ?

— A Auschwitz, puis Buchenwald.

Beuzaboc m'a regardé silencieusement. Un instant, il a repris son jeu de canne avec le rai de lumière mouvante.

— Il vous a raconté ?

— Il m'a dit que cela ne se racontait pas.

— Vous avez cherché à savoir ?

— Il a fait partie du « convoi des tatoués ».

Mon père a prononcé cette expression une seule fois devant moi. Je l'avais notée pour plus tard. Ce n'est qu'après sa mort, que j'ai appris. Le convoi est parti de Compiègne le 27 avril 1944 avec 1 700 prisonniers politiques à bord. A leur arrivée à Auschwitz-Birkenau quatre jours plus tard, soixante étaient morts. D'autres furent exécutés sur le ballast. Dans la foule captive, il y avait un prêtre en soutane. Ces déportés n'étaient pas juifs. Les survivants rapportèrent la stupéfaction des gardiens. Mais les prisonniers furent tatoués quand même, d'un matricule sur l'avant-bras gauche, et entassés sur des paillasses pendant onze jours. Le vendredi 12 mai, sans explication, le convoi partit à destination de Buchenwald puis de Flossenbürg, avant d'être dispersé dans le brouillard.

Un jour, bien après guerre, mon père apprit que Robert Desnos était dans son convoi. Il ne l'avait pas su. Le poète n'avait pas eu la force de revenir. Il était mort d'épuisement et du typhus le 8 juin 1945, derrière les barbelés d'un camp libéré.

Beuzaboc se leva pour aller aux toilettes. Il alluma sa première cigarette. Sa jambe gauche semblait lui faire mal. Lorsqu'il est revenu, il avait un regard soucieux, différent. Il s'était passé de l'eau sur le visage et avait replacé le linge humide sur son front. Il s'est assis à nouveau. Il a coincé sa canne entre ses jambes et a essuyé sa nuque avec le mouchoir.

— Que voulez-vous savoir sur Ascq ?

J'ai sursauté. J'ai ouvert mon carnet. Tout, je lui ai dit. Quels étaient les gars avec lui, la nuit du 1er avril 1944 ? Pourquoi avoir choisi ce passage à niveau ? Est-ce qu'il savait que ce n'était pas un train de marchandises qui arriverait, mais un convoi de fauves ? Comment lui et ses hommes ont-ils vécu le massacre qui a suivi ? Je lui ai demandé de raconter. De le faire sans précipitation. Je lui ai dit que Ascq prendrait certainement deux, trois séances peut-être. Le vieil homme a allumé sa deuxième cigarette.

— C'est ça que vous voulez savoir ?

Oui, ça. Et une chose encore. Je lui ai dit que ces images terribles devaient sommeiller sous ses paupières. Qu'elles devaient empêcher tout repos. Je lui ai dit cela, puis j'ai déplié une feuille que j'avais rangée dans mon carnet.

— Je vais vous lire quelque chose.

Le vieil homme a eu l'air surpris. Il m'a fait un signe de tête.

— *Vengeance* a eu 78 hommes tués au combat et 979 arrêtés. Parmi eux, 21 ont été abattus immédiatement ou torturés à mort, 96 ont été fusillés, 793 ont été déportés, 389 sont morts en déportation et 16 ont disparu.

J'ai regardé Beuzaboc.

— Vous savez pourquoi je vous donne ces chiffres ?

— Je crois deviner.

— Dites-le-moi.

— Tout cela est vérifiable.

— Exactement. La mémoire est intacte. Elle a laissé des traces. Mon père était lieutenant, commandant de peloton, puis chef de secteur. Il connaissait le vrai nom de son chef, de ses camarades, il se souvenait de chaque opération. Vous comprenez ?

— Je crois comprendre.

— Il avait un certificat d'appartenance à la Résistance intérieure française. Il avait une identité fictive. Un grade fictif. A la Libération, son réseau a été liquidé. C'était la procédure. Vous savez ça.

— Je sais ça.

— Alors maintenant, racontez-moi Ascq. S'il vous plaît.

J'avais baissé la tête. Sur la page de gauche, j'avais écrit « pas fier ». Je n'étais pas content de moi. Une fois encore, j'avais été impoli et brutal. Il y a quelques jours, j'avais donné ma parole à Lupuline. Je devais écouter son père. Ecouter et écrire. Je devais rapporter ce qu'il disait. Et peu importaient les imprécisions ou les erreurs. Peu importait la vérité, en fait. J'ai levé les yeux. Le visage du vieil homme était affaissé. Ses sourcils, tombés. Il avait la bouche ouverte et molle. J'attendais. J'avais le carnet, le stylo à la main. Il me regardait. Je l'ai regardé à mon tour. Sans défi, sans ironie. Juste, j'ai posé mes yeux sur le rebord des siens.

— A quoi jouez-vous ? a demandé le vieil homme.

Il avait la voix lasse.

— Vous jouez avec moi. Depuis le début, vous jouez avec moi.

J'ai voulu protester. J'en ai été incapable. Aucun geste, aucun mot. La pièce s'était refermée sur nous. Je restais silencieux.

Alors il s'est levé. Plus difficilement encore que d'habitude. Lourdement, appuyé sur sa canne, grimaçant de sa jambe raide.

— Voulez-vous bien me suivre ?

J'ai cru qu'il me congédiait. Mais au lieu d'aller vers la sortie, il a pris le couloir derrière lui. Dans le couloir, il y avait une porte que je ne connaissais pas. Il l'a ouverte et s'est effacé pour me laisser entrer. Il a allumé la lumière. J'ai reconnu la pièce. J'ai inspiré par la bouche. Une bouffée de plomb. A droite, il y avait le lit de Lupuline. Sur la bibliothèque, le globe terrestre. Une odeur de cire et de poussière. La chambre était plus étouffante encore que le reste de l'appartement. Beuzaboc n'avait jamais déménagé. Il avait gardé la chambre de sa fille pour ses petits-enfants. Mais elle n'avait jamais servi.

— Asseyez-vous sur le lit.

Je lui ai demandé la permission d'ouvrir la fenêtre. Les volets étaient clos. Puis je me suis assis sur le drap de sa fille. Il a allumé le globe terrestre et éteint la lampe. Difficilement, jambe gauche tendue, il s'est installé sur le tabouret bas. Et puis il a regardé autour de lui. J'avais emporté mon carnet et mon stylo. « Pas fier », disait la page. J'observais le vieil homme.

— C'était là.

Lupuline reposait sur le flanc, dos au mur, la joue posée sur son bras. Et lui prenait place au milieu de la pièce, sur ce tabouret. Il racontait, mais pas longtemps. Quinze minutes, jamais plus. Le lendemain, il reprenait l'histoire là où elle en était restée.

— Vous auriez vu son regard lorsque je racontais.

Il a cherché un mot. Il a parlé de fierté. Un soir, après la mort du soldat allemand, Lupuline s'est soulevée et a enlacé le cou de Beuzaboc en murmurant « mon papa ». Cette nuit-là, il a quitté la pièce, les yeux brillants de son bonheur. Il m'a expliqué que c'est grâce à Wimpy que Lupuline avait aimé la langue anglaise. Elle l'avait apprise au lycée avec soin. Elle disait que si l'aviateur revenait un jour, s'il sonnait à la porte en vieux monsieur anglais, s'il retrouvait son père pour trinquer à la paix, ce serait elle, Lupuline Beuzaboc, qui traduirait la joie de l'un et l'émotion de l'autre.

Tescelin Beuzaboc a posé sa canne à terre. C'est comme s'il cessait de se protéger. Il a mis les mains sur ses cuisses. Il m'a regardé. J'ai noté quelques mots automates sur la page de droite.

— Quand avez-vous su ?

Je l'ai regardé.

— Parce que vous savez, n'est-ce pas ?

J'ai hoché la tête.

— Quand avez-vous su ?

— Très vite. J'ai eu des doutes à la troisième séance.

Il a eu un mouvement de lèvres.

— Et donc ? Que faisons-nous maintenant ? a demandé le vieil homme.

— Je ne sais pas.

— Vous savez pourtant ce que vous vouliez savoir.

Oui, je savais. Je savais que cet instant viendrait, mais pas comme ça. J'avais imaginé

Tescelin Beuzaboc comme frappé par un poing. Tête basse, épaules tombées, regard défait. J'entendais sa respiration inquiète. Je l'imaginais suppliant et je m'étais trompé. Il n'était rien de tout cela. Le voilà qui me regardait en face, qui me demandait conseil. Il avait la voix lasse du vieil homme égaré.

— Annequin, c'était vrai ?

— C'est vrai. Je suis allé sur la tombe du soldat Osborne le 11 novembre 1940, avec mes deux copains de régiment.

— Et ça s'est bien passé comme ça ? Les vélos ? Le bouquet ? Le mot de solidarité ?

— Exactement. Cela s'est passé exactement comme ça.

— Mais cette histoire ne vous a pas suffi.

— Elle n'a suffi à personne, ni à Lupuline, ni à moi non plus. J'ai eu envie de quelque chose qui emporte ailleurs.

Beuzaboc me regardait toujours, comme s'il attendait une réponse à son tour. J'avais mon carnet dans une main et mon stylo dans l'autre.

— Et maintenant ? a-t-il répété.

Maintenant ? Je ne savais pas. Il fallait qu'il m'aide. Il fallait qu'il me dise quoi faire et comment. Il venait de se baisser pour ramasser sa canne et la coinçait entre ses cuisses.

— Vous avez été blessé par le bombardement ?

— A l'atelier, dans un accident.

— Un accident ?

— J'ai eu la jambe écrasée par une charge mal arrimée, en février 41.

Je regardais le globe lumineux. J'imaginais les yeux diamants de Lupuline.

— Le soldat allemand ?

— Une histoire pour enfant.

Il a passé une main dans ses cheveux.

— Wimpy ?

— Pareil. Comme le reste. Une légende.

Je lui ai demandé la permission de quitter cette pièce. De retourner au salon familier. Je n'aimais pas cette lumière laiteuse. Je ne m'aimais pas sur ce lit de mirages. Je ne l'aimais pas sur ce tabouret de mensonges. Alors il a tout éteint, refermé la fenêtre et nous sommes retournés au salon. Lui dans son fauteuil, moi à ma table.

— Pourquoi avez-vous accepté de me rencontrer ?

Beuzaboc a essuyé ses mains sur ses cuisses.

— Cela fait deux mois que je me pose cette question.

— Vous avez la réponse ?

— Une réponse, oui. Probablement. Elle m'est venue tout à l'heure, dans la chambre de la petite. Je me suis dit qu'il fallait que tout cela s'arrête.

— On aurait pu tout arrêter avant.

— Et puis quoi ?

— Et puis ne plus toucher à rien. Tout serait resté bien en place.

— En place pour qui ?

— Pour Lupuline. Pour moi. Pour vous, aussi.

— Beuzaboc le héros ? C'est ça ?

— Vous l'avez fait rêver.

Le vieil homme a ri. Un rire bref, comme l'air s'échappe d'une gorge pleine.

— La semaine dernière, vous avez parlé de ceux qui ont détourné les yeux en temps de guerre. C'est cela. Je n'ai trahi personne, je ne me suis pas engagé non plus. J'ai détourné les yeux.

— Peut-être à cause de votre accident ?

— Que faisons-nous maintenant ?

Je ne savais pas. J'ai pensé à un jeune gars perdant une jambe à vingt et un ans, et donc perdant la tête, et le courage, et tout. J'ai commencé à ranger mes carnets, mes crayons. Je me suis essuyé le front d'un coup de manche.

— Comment allez-vous expliquer à Lupuline que nous arrêtons ?

Je n'ai pas compris la question. Lupuline ? Ce n'était pas moi qui devais lui parler. D'ailleurs, pourquoi lui parler ? Lui dire quoi ? Que tout cela n'était qu'une farce ? Que l'homme qui parlait dans l'obscurité de leur chambre était un ouvrier blessé. Qu'il avait passé sa guerre à regarder le trottoir. Que son seul acte de bravoure avait été un bouquet posé sur une tombe anglaise, comme des milliers d'autres bouquets déposés partout par des milliers de mains ? Que venait faire Lupuline dans tout cela ?

— Je n'ai rien à lui expliquer.

— Nous aurions fait ce chemin pour rien ? a demandé le vieil homme.

— Ce chemin ?

— Nous sommes bien arrivés quelque part, vous et moi.

— Je n'aime pas cet endroit.

Beuzaboc a souri. J'étais debout, je suis retombé sur la chaise.

— Peut-être, mais nous ne pouvons plus retourner en arrière.

— Je ne comprends pas.

— Vous êtes un biographe, vous êtes un journaliste aussi. Je vous observe depuis le premier jour. Depuis notre première rencontre, je savais que vous n'étiez pas un homme à recopier des petites histoires.

— Et vous avez pris le risque.

— Le risque de regarder quelqu'un dans les yeux ?

— Vous saviez que je saurais.

— Je le savais.

— Alors pourquoi avez-vous retardé cet instant.

— J'attendais que vous me parliez de votre père.

— Pourquoi ?

— Pour me décider tout à fait.

— Pourquoi ?

— Parce que je savais qu'après cela, il n'y aurait plus de place pour le mensonge.

Beuzaboc avait baissé les yeux. Il tapotait le sol avec sa canne. Il attendait quelque chose. Nous ne pouvions pas nous séparer comme ça. Je n'osais plus ni parler, ni bouger. Nous aurions pu passer la nuit face à l'autre. Moi, son biographe et lui, mon illusion. Nous aurions pu nous assoupir. Ne plus parler. Guetter l'aube, comme Wimpy. Mais Beuzaboc a repris la parole. Il s'est appuyé à deux mains sur sa canne et m'a demandé de terminer mon travail. J'ai secoué la tête. Beuzaboc a eu un geste. Non. Il fallait que je le comprenne. Plus question de mentir. Pas question de rebrousser chemin non plus. Il comptait sur moi pour écrire une biographie différente, l'histoire d'un vieux faussaire qui avait accepté de se confier à un inconnu. Parce qu'il savait que le moment de parler était venu.

*

Beuzaboc savait que je ne me contenterais pas de la posture du scribe. Il savait que je fouillerais, que je vérifierais chaque mot. Habité par l'honneur de mon père, j'apprendrais à déjouer les tricheries. Je découvrirais la vérité, sans ironie et sans brutalité. Je ne jugerais pas. Je chercherais à comprendre. Je serais triste, comme il l'avait toujours été. Comme le seraient bientôt sa fille, ses parents, ses amis. Il savait depuis le premier jour que je me retrouverais, un soir, stupéfait, assis au milieu de fragments épars.

Que je contemplerais ces lambeaux de tromperie. Que je lui raconterais mon enquête et mes doutes. Que je tirerais patiemment le fil. Que je me remettrais au travail. Que j'écrirais la vérité sur le soldat allemand, sur Wimpy et sur Ascq. C'est aussi pour ça qu'il m'avait emmené dans la chambre d'enfant. Pour ça qu'il avait rallumé le globe lumineux. Pour que cette scène poignante soit au cœur de notre biographie. Pour que Lupuline la découvre et termine le chemin avec lui. C'est pour avouer, que le vieil homme s'était servi de moi.

Il m'observait toujours. Il attendait un mot. Je me taisais. Les bras tombés de chaque côté de la chaise, je me taisais. J'étais malheureux, soulagé, honteux, tellement seul que je ne savais plus. Beuzaboc s'est levé pour que je parte. Il m'a tendu la main. Il voulait me revoir la semaine suivante. Mais il ne voulait plus rien corriger. Ne plus rien savoir. Ne plus rien lire. Il serait comme les autres. Il découvrirait la biographie terminée, imprimée, définitive. Le vieux faussaire redeviendrait Ghesquière lorsque tout serait dit.

Nous étions sur le seuil. Quelque chose dans l'air avait changé. La chaleur était extrême, mais gonflée d'orage. Tout allait doucement s'adoucir dans la nuit. Je savais que Beuzaboc avait encore quelque chose à me dire. Je voyais aussi qu'il n'osait pas. Il m'a doucement ramené en arrière, dans l'appartement, poussant la porte à demi. Ma main reposait dans la sienne. Il m'a dit que je devais l'aider. Que mon livre serait le moyen d'en finir avec le piège. Je lui ai demandé comment réagirait Lupuline et comment il ferait, lui, pour relever la tête. Alors il a souri. Son sourire tranquille, ses yeux d'avant l'aveu. Il m'a dit qu'il rassemblerait ce qu'il compte de proches et ses quelques amis. Qu'il y aurait un livre pour chacun d'eux. Et qu'il leur parlerait.

*

— Je vous fais confiance.

J'avais emmené les derniers mots du vieil homme avec moi.

Ma fenêtre était ouverte. La rue, moins agressive. J'ai enlevé ma chemise et je suis resté torse nu.

« Trompette actionnait furieusement sa sonnette de vélo. Il faisait comme si Fives venait de lui couper la route. Du coup, personne n'a entendu le coup de feu. » J'étais devant l'ordinateur, la tête dans les mains. Je me relisais. Chaque mot grimaçait la fable. J'avais rajouté quelques sentiments, des bruits de la ville, le froid de janvier, les cahots des voitures, des crieurs de journaux, quelques passants pressés. J'avais donné des couleurs au mensonge. « Le soldat est tombé à la renverse, comme ça, presque lentement. Il semblait avoir trébuché sur la plate-forme du tram. J'ai vu un autre soldat lui tendre la main en riant. Je venais d'abattre un homme et son ami riait. J'ai glissé le pistolet dans ma ceinture de pantalon et j'ai continué ma route. » J'ai ri. J'ai mal ri. J'ai ri nerveux et moche. « La nuit était tombée. Pour qu'il n'y ait pas de lumière sous la porte, j'avais allumé une chandelle. Wimpy et moi étions assis dans la paille. Je lui apprenais le français. Il répétait après moi. Des mots simples. Liberté, fraternité, égalité. En les chuchotant, dans cette obscurité hostile, en observant le regard scintillant de l'Anglais, ses cheveux carotte, ses lèvres qui peinaient à ma langue, j'avais le cœur brisé. » Cœur brisé. J'ai ri une fois encore.

Fallait-il garder ces passages, les publier, les glisser en notes à la fin de l'ouvrage, les proposer en pièces du dossier, en documents touchants et pathétiques ? Ou fallait-il que je les oublie. Que je les efface de la mémoire commune pour ne pas blesser le vieil homme davantage ? J'observais l'illusion qui salopait l'écran. Non. Il me faudrait tout recommencer, reprendre chaque phrase depuis le premier mot. Ou alors, ne raconter qu'Annequin. C'est cela. La balade à vélo, le bouquet d'automne et rien d'autre. Je pensais à Lupuline. Son père voulait la vérité, elle exigeait sa chimère d'enfant. Pourquoi m'avait-elle demandé de la rassurer, de la ménager ?

— Que fait-on maintenant monsieur le biographe ?

Qu'est-ce que j'en savais ? J'imaginais Lupuline. J'imaginais quelques amis conviés par Beuzaboc à un dîner. Chacun aurait un cadeau à droite de son assiette, posé à côté de la serviette pliée. Ils l'ouvriraient après l'apéritif et découvriraient la biographie de Tescelin Beuzaboc. Il y aurait des cris de surprise, quelques regards joyeux.

— Tu as écrit un livre ? dirait un vieil ami.

— Pas exactement, j'ai raconté et un professionnel a remis cela en forme.

— C'est passionnant ! répondrait une petite dame en bout de table.

J'imaginais Lupuline à côté de son père. Elle aurait son ouvrage en main, encore emballé de papier fantaisie. Elle regarderait les autres déchirer leur paquet avec précaution. Elle sourirait.

— Ma fille a eu cette idée, dirait Beuzaboc.

La table serait rectangulaire, avec onze ou douze personnes autour. C'est le vieil ami qui aurait vu la couverture le premier. Le nom de Beuzaboc en grand, en bleu et le titre en dessous, que je ne savais pas encore. Il aurait applaudi. Tout le monde aurait applaudi. Lupuline se serait penchée sur son père, entourant ses épaules de ses bras. Elle aurait murmuré « mon papa » tout près de son oreille. Elle aurait quelques larmes aux yeux. Et Beuzaboc ? Et mon vieux faussaire ? Il serait légèrement voûté, observant les visages baissés, les regards occupés à ma préface. Il serait tranquille, inquiet aussi, les poings serrés de chaque côté de son assiette, à guetter le début de la fin de tout. Le voilà, à guetter que mes mots soient lus. Avant le chapitre premier, avant même Annequin, avant ma longue descente en doutes, avant mon enquête, la chambre d'enfant et les aveux, il y aurait ces quelques phrases de moi. Une introduction, une mise en garde. Une demi-page pour dire à tous d'essayer de comprendre et de ne pas juger. Et puis quoi ? Et puis Lupuline tomberait sur sa chaise. Elle serait grise et blanche avec de la fatigue. Elle serait bouche ouverte, yeux ouverts, bras ouverts. Elle ne comprendrait pas. Elle ne parlerait pas. Je crois que deux personnes quitteraient discrètement la table en laissant le livre sur la nappe. Je crois que le vieil ami aurait du mal à respirer. Je crois que Beuzaboc prendrait alors la parole. Il resterait assis et il leur parlerait. Il dirait que ceux qui étaient là étaient tout ce qu'il possédait. Tout. Et c'est pour ça qu'ils étaient là. Et maintenant, ils devaient se rasseoir et écouter ce qu'il avait à leur dire. Parce qu'il avait meurtri la vérité. Et qu'il s'était voulu un autre. Et que racontant la guerre à sa fille, dans les ténèbres d'une chambre d'enfant, il faisait œuvre de mémoire. Il avait connu les anciens combattants. Il les avait aimés, marchant en foule, acclamés, puis plus tard en poignées, puis presque seuls, sous les drapeaux fanés d'une aventure morte, et puis portés en terre, enfin, par des enfants distraits qui ne savaient rien d'eux. Il avait tout lu sur la guerre, sur la Résistance, sur le Nord poing dressé. Il avait appris les attentats un par un, les trains déraillés, les soldats abattus par des mains tremblantes. Il avait lu les lignes d'évasion, tous ces Wimpy blessés qu'il fallait cacher, nourrir, transporter en secret à travers les frontières tracées par l'ennemi. Il avait appris Ascq. Il avait retrouvé le nom des partisans, et le nom des victimes. Combien de fois était-il allé au musée de Bondues ? Pour marcher dans la Cour sacrée où étaient tombés un à un 68 patriotes. Il n'avait rien exigé. Il n'avait prétendu à rien. Sorti de la chambre de sa fille, jamais il n'avait plus menti. Simplement, pour que Lupuline se souvienne, il avait recueilli des éclats de vaillance et choisi des bravoures qui n'étaient pas les siens. Il avait volé quelques hommes, s'était glissé dans la peau de l'un, le courage de l'autre, la douleur du troisième, pour les ramener tous les trois à la vie. Il n'était pas la somme de ses renoncements, mais l'addition de leurs courages. Il avait une vie en plus. Il leur rendait hommage. Et toute son existence, jusqu'à son dernier souffle, il se demanderait ce qu'il aurait fait, s'il avait eu deux jambes pour porter ses vingt ans.

Voilà ce qu'il m'avait dit tout à l'heure, sur le pas de sa porte et ma main dans la sienne. Voilà ce qu'il dirait le jour de vérité. Voilà ce que Lupuline apprendrait de son père. Et elle regretterait peut-être son idée de biographie. Elle m'en voudrait. Elle me haïrait de ne pas l'avoir ménagée, ni rassurée. Je la voyais à ce repas funèbre. Je l'imaginais assise, la tête dans les mains après le départ des autres. Je l'imaginais petite fille trahie. Par son père, par moi, par la vie qui blesse. J'imaginais ce nom de Beuzaboc qui n'avait plus de sens. Ce nom de rien du tout, ni de paix, ni de guerre. Ce nom d'imposture.

Je m'imaginais tout cela en marchant dans mon salon, dans mon bureau, dans ma chambre. Je passais d'une pièce à l'autre, mon verre à la main.

— Je vous fais confiance, m'a dit Beuzaboc.

Mais Lupuline aussi, lui avait fait confiance. Moi, je lui avais fait confiance. Qu'est-ce que la confiance venait nous raconter là ?

19.

J'ai revu Lupuline par hasard, le samedi suivant. Elle faisait des courses rue de Béthune. Elle sortait d'une boutique. Elle m'a appelé par mon nom. Il avait plu dans la nuit, la chaleur était retombée. Nous étions debout, au milieu de la voie piétonne. Elle parlait beaucoup. Il y avait dans ses yeux comme une joie enfantine. Son père allait bien. La veille, ils s'étaient même promenés en ville. Il semblait heureux et tranquille. Si elle ne m'avait pas croisé, elle serait venue me voir. Elle avait fait ses comptes. Nous avions eu neuf séances et elle ne m'en avait payé que deux. Elle en était gênée. Elle m'a proposé de boire quelque chose le temps de régler cela. J'étais embarrassé. Je l'ai suivie. Maintenant, je savais que Beuzaboc n'avait rien révélé. Durant leur promenade, sa fille lui avait posé des questions, mais il n'y avait pas répondu.

— Tu verras. Tu liras.

J'avais pris une bière, Lupuline buvait un café frappé. Elle remplissait un chèque. Elle m'a regardé, m'a demandé ce qui n'allait pas.

— Rien, j'ai dit.

J'ai répondu trop vite, trop inquiet, avec un empressement qui n'était pas mon habitude.

— Le chèque ne va pas ?

J'ai levé une main. Pas du tout. Son calcul était exact. Ce n'était pas le chèque. Je paniquais. J'avais comme de la fièvre. Une douleur au côté droit, entre hanche et poumon. Une sale toux aussi, depuis quelques jours, et une sueur qui ne me quittait pas. J'ai murmuré tout cela, qui résonnait comme une excuse fébrile. Je lui ai dit aussi que son père m'avait fait parler du mien. Que cela m'avait troublé. Que j'y pensais sans cesse. Que peut-être, le temps de m'écouter, il avait compris le sens de mon travail. La veille d'ailleurs, le vieil homme avait longuement téléphoné à sa fille. Il lui avait dit que la biographie était presque terminée. Une, deux, trois séances encore, mais que tout était en place. Il lui avait dit que la tension était retombée entre nous. Que j'étais moins pressant, qu'il était plus cordial. Il était comme rassuré. Il avait ouvert tous les volets, toutes les fenêtres de son appartement, même celles de la chambre d'enfant. Pour que l'air de la nuit puisse entrer en courants frais. J'ai fini ma bière d'un coup. Lupuline me faisait mal. Je regardais sa peau blanche, ses yeux ciel, son carré soigné de cheveux gris. Je regardais ses mains. J'ai dit n'importe quoi. Il fallait que je rentre chez moi. Tout cela était faux. J'étouffais. Elle ne cessait de sourire. Son père ne voulait plus rien lire avant la fabrication du livre. Il avait décidé de découvrir sa biographie en même temps que les autres. Elle ne voulait rien lire non plus.

— Il vous fait confiance et je vous fais confiance, a souri Lupuline.

J'ai hoché la tête. Confiance. Je m'en voulais d'être là, soutenant le regard d'une femme et lui mentant des yeux.

— Et j'ai aussi appris que nous nous étions croisés dans le passé.

Mon regard sans éclat.

— A l'enterrement de votre père.

J'ai souri vague.

— Papa ne manquait aucun enterrement de résistant. Même s'il ne le connaissait pas. Il disait qu'il fallait du monde autour de la tombe pour que ça soit moins triste. C'est pour ça aussi qu'il m'emmenait.

Je me suis levé. Elle a été surprise.

— Vous ne semblez pas bien du tout.

J'ai dit que non. Effectivement. J'allais me coucher en rentrant. Je supportais mal les fièvres, même anodines, et celle-là me semblait immense. Elle s'est levée à son tour.

— Vous avez trouvé un titre, au fait ?

— « Délivrances ».

C'était venu comme ça. La première chose que me dictait la fièvre.

— Au pluriel, j'ai ajouté.

Une idée à tâtons, une fois encore. Lupuline souriait.

— « Délivrances » ?

— Pour Lille-Délivrance, la gare bombardée et aussi pour la Libération.

Parce que Ghesquière y avait perdu une jambe. Parce que Beuzaboc y avait perdu un nom.

Elle a hoché la tête. Elle souriait toujours.

— C'est bien « Délivrances », a dit Lupuline Beuzaboc.

Et puis elle m'a quitté, pour rejoindre la foule.

20.

Je suis tombé malade. Une pneumonie. J'ai gardé le lit pendant six jours, ne me levant que pour ouvrir la porte à deux amis qui me nourrissaient en prenant des airs. Il y avait Luc Théry, un copain journaliste, et Anne Tiberghien, une ancienne maîtresse, toujours prête à monter les trois étages avec le journal, un sachet de pharmacie, des fruits frais et sa bretelle de robe retombée tout exprès. Je ne parlais pas. J'ouvrais la porte et me recouchais. A 16 heures, l'infirmière me faisait sa piqûre. Fesse gauche un jour, fesse droite le lendemain. Je ne lui parlais pas non plus. J'attendais qu'elle reparte, que Luc et Anne s'en aillent aussi. Je guettais le moment seul, dans mes draps humides, avec le silence bruyant que fabrique la fièvre.

Après une semaine, je me suis assis, deux oreillers calés dans mon dos. J'ai installé mes carnets « Beuzaboc » sur la table de chevet, mon stylo bleu, mon stylo rouge. Mon ordinateur était fermé, posé sur le sol. Je buvais beaucoup d'eau et relisais mes notes, encore. Mais cette fois, j'encadrais de rouge des phrases anodines, des chutes de riens.

Je tremblais. Ce n'était pas que la fièvre. J'avais l'impression d'être lumineux. Beuzaboc avait menti et il comptait sur moi pour que la vérité soit dite. Mais quelle vérité ? De quel droit, la vérité ? Que voulait-il me faire avouer ? Qu'il avait détourné la tête au moment du grand drame ? Qu'il avait longé les murs pendant quatre ans ? C'est ça ? Il voulait se confesser ? Demander pardon ? Et puis quoi ? Respirer en grand ? Laver son cœur à l'eau douce ? Marcher sur les chemins en fredonnant de l'âme ? Il voulait quoi, Beuzaboc ? Avoir le regard clair, léger ? Pouvoir serrer les mains en face ? Partir tranquillement, faire la paix avec tous ces noms gravés dans la pierre ? C'est ça qu'il voulait, Beuzaboc, la paix ?

J'ai décidé d'arrêter ce métier. Personne ne parlerait jamais plus par ma voix. Je n'étais plus biographe. Lors du dernier entretien, je ne notais même plus les propos de Beuzaboc. J'étais ailleurs, je marchais sur d'autres terres. Je reprenais ma vie et mes mots. L'histoire de mon père, le silence de mon père. Je portais cette souffrance en moi depuis tellement de temps. Je savais, maintenant. Il était l'heure.

J'ai avalé deux cachets pour la fièvre. J'ai renversé l'eau sur mon menton, dans mon cou, sur mes draps. Pourquoi Beuzaboc serait-il en paix ? De quel droit, le serait-il ? Mon père est rentré de camp, tatoué, seul, sans voix. Qui l'a écouté ? Qui l'a entendu ? Personne. Nulle part. Brumaire se mourait d'indifférence et Beuzaboc lui chapardait la vie. C'est mon père qui aurait dû s'installer dans la chambre de Lupuline. C'est moi qui aurais dû écouter l'histoire de ce héros. Chaque fois que Beuzaboc allumait le globe terrestre, il lui volait sa place, sa chair et sa dignité. Non. J'en avais décidé. Tescelin ne serait plus jamais Ghesquière. Il resterait Beuzaboc jusqu'à son dernier regret. Il serait ce grand homme, ce brave. Il l'a trop laissé croire, il l'a trop murmuré dans l'obscurité de l'enfance. Il voulait être résistant ? Je ferais de lui un héros. Il voulait la reconnaissance ? Il l'aurait pour l'éternité. Lupuline serait fière. J'allais tout réécrire. En plus beau, en plus grand. J'avais déjà commencé sans trop savoir qu'en faire. C'est cela. Beuzaboc n'aurait jamais la paix. Jamais le sommeil. Jamais il ne reposerait en terre des hommes intègres. Jamais, il ne pourrait dire : voici ce que je suis. Il n'y aurait pas de rédemption. J'allais accompagner le vieil homme jusqu'au bout de sa route, jouant de la trompette et dansant autour de lui comme un gamin énervé. Je l'emmènerais au plus loin de son existence, sur le seuil, juste avant les brouillards de mon père. Je le laisserais comme ça, croulant d'honneurs et de médailles, de bravoure et de fierté. Je le laisserais comme ça, mâchuré de vaillance, feindre de pénétrer l'héroïsme éternel comme on entre en enfer.

Je suis retombé sur mes draps. J'étais en colère. Je n'aimais pas le mot *vengeance*. C'est le seul pourtant qui me venait aux lèvres. J'étais en colère contre les silences de mon père, contre Beuzaboc, contre moi. Ma décision était prise. Je n'étais plus lié par aucune promesse. C'est le roman de Lupuline que je rendrais à Beuzaboc. L'histoire magnifique de celui qui n'avait pas tout dit. Qui était plus immense, plus courageux, plus bouleversant que tout ce que l'on pouvait imaginer. J'allais raconter la grande vie d'un homme. J'allais poser ma trompette, et écouter tout ce que papa ne m'avait pas dit.

*

Beuzaboc a rappelé. J'avais laissé passer deux mardis sans donner de nouvelles, juste un mot à Lupuline pour dire ma maladie. Au téléphone, il n'avait pas la voix inquiète. Il souhaitait seulement aider, s'il le pouvait. Une autre question, peut-être ? Une précision ? Sa fille lui avait proposé le titre de l'ouvrage et il le trouvait parfait. C'était exactement cela. « Délivrances ». Pas moins, pas plus, pas trop. Il aimait aussi le fait que ce titre ne contenait aucun jugement. C'était un fait. Tescelin Ghesquière s'était inventé en homme et il était temps maintenant pour lui de faire face.

J'étais encore faible. Je toussais en parlant. Beuzaboc a proposé qu'on se rencontre dès que j'en aurais la force. C'était dans mes projets. Ce serait notre dixième séance. Je tenais à le revoir, mais ne voulais plus l'écouter ni l'entendre. Je redoutais même un peu sa présence. Ce serait difficile, je le savais. Quelque chose s'était cassé avec la fièvre et le recul. Je n'avais plus tendresse ni compassion. J'avais comme un dégoût.

C'était étrange. Lui, d'habitude si distant, ne semblait pas vouloir terminer la conversation. Il m'a parlé de la fraîcheur revenue, du ventilateur qu'il avait fait redescendre à la cave. Il m'a dit que Lupuline espérait lui offrir la biographie le 28 octobre, pour ses quatre-vingt-quatre ans. Il m'a demandé si je voulais passer chez lui. J'ai refusé. J'ai dit que pour la dernière fois, j'aurais bien aimé le retrouver à la brasserie où nous avions fait connaissance. C'était moins cérémonieux, plus détendu aussi. Il a ri. Un rire de Beuzaboc tranquille. Je n'aimais pas sa légèreté. Je n'aimais pas son assurance. Je n'aimais plus rien de lui. Même sa voix me fatiguait. Je n'avais pas envie de son regard, de ses mains, de sa cigarette ridicule. Je voulais que tout cela se termine. Il a raccroché. J'ai bu ma première bière fraîche depuis la maladie. Je l'ai bue lentement, à la bouteille, les yeux presque fermés. J'ai allumé mon ordinateur.

21.

Lupuline est venue à mon bureau le 15 septembre. Elle m'a trouvé fatigué. Oui, je savais qu'elle souhaitait offrir la biographie à son père pour son anniversaire. Oui, nous pourrions l'imprimer dans les temps. Elle souriait en consultant son agenda. La couverture ? Quelque chose de tout simple, pelliculée en mat avec la photo de son père. Une image ancienne, en noir et blanc, un peu floue, bougée. Je l'avais vue chez lui, dans un cadre sur la bibliothèque. Il devait avoir un peu plus de vingt ans. Elle préférait un portrait d'aujourd'hui ? En couleur ? Elle déciderait. Ou les deux ? Les deux, peut-être. Lupuline hochait la tête. C'était la bonne idée. Elle parlait doucement, barrant des mots sur son carnet. Elle avait renoncé à écrire une introduction. Son père lui avait dit que je m'en chargerais. Un texte court, qui présenterait mon travail. Je n'étais pas certain qu'une préface soit la bienvenue. Je pensais qu'on devait se retrouver tout de suite au cimetière d'Annequin, sur la tombe. Qu'aux premiers mots, il fallait prendre le lecteur par la manche et ne plus le laisser respirer.

— Comme dans un roman ? a dit Lupuline.

— Comme dans un roman, j'ai répondu.

Elle posait des questions sans importance. Le poids du papier, sa couleur – ivoire ou blanc ? Le nombre de pages. Pouvait-on glisser un signet dans la reliure ? Je notais à mon tour. J'étais encore fiévreux. Son stylo biffait ses petites inquiétudes, ses problèmes de rien du tout. Je bouillonnais. Je voulais qu'elle s'en aille. Elle désirait trente exemplaires. Une fois encore, elle a demandé si tout pouvait être prêt pour le 28 octobre. Oui. C'était un peu juste, mais possible. J'avais créé les Editions de l'Arnommée quatre ans plus tôt, *la Renommée*, en langue cht'i. Un petit imprimeur faisait mon travail en priorité. Trente exemplaires, pour lui, ce n'était rien. Il fallait que je finisse d'écrire. Que je me plonge jour et nuit au cœur de Beuzaboc. Pour cela, je devais le voir une fois encore, et puis l'oublier tout à fait.

— C'est tout, donc ?

C'était tout. Je lui ai offert quatre exemplaires de plus. Pour le même prix. Elle a souri en me serrant la main. Elle m'a trouvé brûlant. Elle restait vaguement à distance. C'est à elle que je remettrais mon travail. C'était la cliente. Elle qui payait. Elle qui offrait. Je l'appellerais dès que la biographie serait prête.

Elle allait se lever. Elle hésitait.

— Ce sera comme dans mon souvenir, c'est promis ?

— Votre père m'a même fait visiter votre chambre.

Son regard étonné.

— Vous vous êtes assis sur mon lit ?

J'ai dit oui.

— Il avait pris mon tabouret ?

Lupuline m'a regardé encore. Elle irradiait. Elle m'a parlé à son tour.

Enfant, elle rêvait les histoires de son père. Le soir venu, les yeux fermés, la fillette s'imaginait dans la grange, traduisant à ses chefs les mots de l'aviateur traqué. Elle se voyait rire à voix basse et goûter à l'alcool paysan. Elle se voulait plus vieille, et vaguement amoureuse. De Wimpy, de Pierre Martin, le fils du *Père tranquille*. Entre les deux héros, son choix n'était pas fait. Longtemps, elle s'est vue suivre Beuzaboc filant vers Annequin. Elle était le quatrième vélo, après son père, Maes et Deloffre. Parfois même, son père était absent, retenu pour une mission plus dangereuse. Alors c'est elle qui menait la petite troupe. Elle aussi, qui avait fabriqué le bouquet pour honorer Albert Osborne. C'est elle encore, qui avait cousu le petit drapeau britannique et écrit de sa main qu'ils étaient « trois jeunes Français ». Quand Trompette a été arrêté, Lupuline a pleuré. Elle le suivait, des tracts glissés dans son cartable d'école. Les Allemands arrivaient sur elle quand Trompette les a attirés. Il a fait un bruit de pet avec sa bouche. Quelque chose d'insolent, d'enfantin, de français. C'est pour ça, qu'il a été pris. C'est comme ça que les soldats ont trouvé ses tracts. C'est pour sauver Lupuline qu'il est devenu otage, et puis battu, et puis mort. Enfant, elle était un peu amoureuse de Pierre Martin, beaucoup de Wimpy et infiniment de Trompette.

Mais jamais elle n'est allée au seuil de la mort. Jamais, dans ses rêves secrets, elle n'a aidé son père à tuer le soldat allemand. Elle l'a laissé faire, de loin, priant pour lui de toutes ses forces. Jamais non plus, elle n'a posé d'explosif sous un rail. Mais la nuit du grand bombardement, elle était de retour, présente à ses côtés sanglants. Elle l'aidait à s'asseoir, en lui demandant de tenir bon. Elle courait à l'aide, au secours, dans son lit de rêves et de sueur. Elle toussait au milieu de son sommeil, à cause du plâtre et de la brique en nuées. Elle évitait les bombes comme gouttes de pluie.

Lupuline m'a regardé. Ses yeux luisaient de frissons d'enfance. Puis elle est revenue à elle, à moi. Son visage était grave.

— Avez-vous l'impression qu'il souffre de la jambe ?

J'étais surpris par la question. Oui, j'ai répondu. Il a parfois du mal à se relever. Il grimace. Il boite. Une fois, je l'ai même entendu gémir.

— Il me cache sa douleur, a dit Lupuline. Avec l'âge et le temps, tout se réveille et il n'en parle pas.

Elle s'est levée. Puis elle a murmuré.

— Il vous a montré sa blessure ?

— Non. Pourquoi ?

— Ce n'est pas beau à voir.

— J'imagine.

Elle a secoué la tête. Elle ne me quittait pas des yeux.

— Vous n'imaginez pas, non. C'est un traumatisme propre et net. Un écrasement. Comme une masse qui aurait broyé ensemble la rotule, le tibia et le péroné.

— C'étaient des éclats de bombes.

Cette même tension.

— Sa jambe n'a été ni hachée ni pulvérisée, mais écrasée. J'exerce en chirurgie orthopédique et traumatologique. Ce n'est pas vraiment un hasard.

Je me suis levé pour être à sa hauteur.

— Pourquoi me dites-vous ça ?

— La plaie n'a pas été brûlée et il n'y avait aucun éclat. La guerre n'a rien à voir avec cette blessure.

— Mais pourquoi me dites-vous ça ?

Lupuline était debout. Elle regardait mon petit bureau. Ce serait sa dernière visite, je le savais. Sur ma table, il y avait les carnets, les stylos. Elle a frôlé du doigt mon socle de lampe et un galet peint que j'avais ramené du Connemara. Elle avait du silence plein les yeux.

— Mettez-vous une intention derrière chacune de vos phrases, monsieur Frémaux ?

Je n'avais pas sa réponse. Je n'avais plus grand-chose en moi de solide. J'ai occupé l'espace, le temps qui nous restait. Je suis allé à la porte. Je l'ai ouverte. Ce pouvait être courtois, une façon aussi de la jeter dehors.

— Vous posez les questions, mais n'y répondez pas.

La phrase m'est venue. Abrupte et regrettable. Prononcée à voix basse et à regret. Lupuline a passé la porte. Elle souriait à nouveau. Dans le couloir, elle m'a tendu la main, comme à son habitude. Une poignée douce et ferme, deux doigts effleurant mon poignet.

— J'ai dit tout cela pour vous regarder en face, a murmuré Lupuline.

*

Je suis resté longtemps assis face à la porte. Silencieux, immobile, bien droit dans mon fauteuil, comme dans la salle d'attente qu'il y a au purgatoire. Lupuline était restée un instant près de moi. Son odeur ambrée dans la pièce, sa façon, sa grâce. Brusquement, comme si je venais d'entendre une terrible nouvelle, j'ai ouvert mon carnet et j'ai écrit ses mots. « Chirurgienne », « écrasement », « me regarder en face ». Beuzaboc ne lui avait rien dit. Il ne s'était pas confessé à sa fille. Je le savais. Il attendait la cérémonie des aveux, il espérait que mon livre parle. Elle avait eu l'idée de la biographie. Elle m'avait aidé de son cahier d'enfance. Elle voulait que je la ménage, que je respecte son père, que je protège son récit. Alors pourquoi cette confidence et pourquoi maintenant ? Et puis que savait-elle ? L'accident d'atelier ? Quoi, encore ? L'Allemand ? Wimpy ? Ascq ? Brusque effroi. Et si j'étais le jouet de monstres. L'enjeu d'un duel, d'un pari. Une fille et son père cherchant à savoir qui de l'un ou de l'autre gagnerait le cœur d'un petit biographe. Qui le ferait céder ? Qui l'obligerait à avouer sa vérité ? Qui l'obligerait à partager son mensonge ? Qui, de la fille ou du père, emporterait sa morale et sa raison ? J'ai secoué la tête. Je me suis remis au travail. Vite. Et j'ai barré d'un trait tout ce que Lupuline savait.

*

Trompette était là, sur le ventre, l'épaule gauche déboîtée, une jambe morte passée sur l'autre. J'ai mouillé son pantalon d'urine. Je l'ai souillé de merde. Et puis j'ai enlevé ces phrases parce qu'elles me faisaient honte. Beuzaboc avait-il seulement connu un gamin comme celui-là ? Où avait-il été chercher Trompette et Fives ? Il m'en avait à peine parlé. Quelques mots, entre deux tricheries. Maintenant, je les avais fait exister vraiment. Avant de mourir, Trompette avait eu un visage et une voix. J'allais maintenant décrire Fives, le cheminot, devenu presque fou d'avoir tué l'Allemand. Fives, qui construisait des locomotives en jouet, qui refusait de saboter les vraies machines. Qui détestait ceux qui s'en prenaient au rail, aux trains, à son outil de travail. Et puis je suis remonté dans le texte. Au début, avant la première phrase et juste après le titre. Il fallait un mot en exergue, une épigraphe qui leur dirait pourquoi.

J'ai réfléchi. « A nos pères ». J'ai pensé à la phrase de Lupuline. J'ai pensé à Tescelin le faussaire, à Pierre le résistant. « A nos pères ». Voilà. A nos pères. Pas un mot de plus. A toi, papa. A vous, Beuzaboc. A ce que vous êtes, à ce que nous en croirons. J'ai écrit « A nos pères ». J'ai relu cette phrase minuscule et j'ai levé ma bière à Trompette, qui a certainement existé.

22.

J'ai revu Beuzaboc le 16 septembre 2003 à 20 heures. Je croyais que ce serait la dernière fois. Nous nous sommes retrouvés aux 3 Brasseurs, en face de la gare de Lille. Il était arrivé avant moi, s'était installé à la même table que lors de notre première rencontre, face au bar cuivré et aux cuves. Il avait son imperméable, sa canne entre les jambes, ses lunettes sur le front. Il buvait une bière ambrée. J'ai commandé une blonde artisanale au bar, avant de le rejoindre. Il ne s'est pas levé. J'ai tendu la main sans un mot. Il l'a prise sans un mot. Il me regardait derrière ses lunettes. Il buvait. Il y avait du monde autour de nous. Un couple qui se chamaillait, des amis qui parlaient haut, quelques rires flamands. Et puis nous. C'est-à-dire personne. Un étrange silence. Cela aurait pu être un père et son fils, venus partager une mémoire commune. Une mauvaise nouvelle. Un deuil. De ces instants sans mots, où le regard est seul.

— Vous êtes encore fatigué.

Ce n'était pas une question. Alors j'ai hoché la tête, portant le verre à mes lèvres. Je n'avais rien à dire. Rien à demander, rien à raconter, rien à partager, rien à pardonner, rien. J'étais là comme ça, il était là, en face. Lui le géant, moi le froissé, avec nos bières lentes et nos yeux baissés.

Je le regardais, dans la nuit du 9 au 10 avril 1944, se traîner sur la rue en hurlant. Au milieu de la poussière, du fracas et du feu. Comme dans ses rêves, Lupuline l'aiderait à se mettre à l'abri derrière une voiture renversée. Elle hurlerait à l'aide. Elle le pleurerait au milieu du vacarme. Beuzaboc aurait perdu sa jambe gauche. Ou pas. Elle ne verrait rien d'autre qu'un gâchis de tissus et de chairs. Il lui dirait de s'enfuir. Elle resterait contre lui, hurlant à la guerre de finir. Elle se blottirait dans ses bras. Elle aurait peur. Et lui, qui la protégerait. Et les bombes, les bombes, les bombes. Elle penserait à la mort. Il penserait à Wimpy.

Qu'il avait sauvé, qui était revenu les défendre du ciel et qui les labourait. Il se dirait que voilà, c'était le prix, qu'il le payait comme d'autres. Il perdrait connaissance juste après le brancard. Il soufflerait à sa fille de rentrer à la maison. Vite. De courir comme elle savait le faire. De s'enfermer, de ne pas allumer la lumière, de se coucher sous la grande armoire, derrière son matelas, et d'attendre. D'attendre le jour mais de ne pas l'attendre, lui. Parce qu'il allait mourir, peut-être, sûrement, parce que la douleur était terrible. Parce que la fièvre défonçait son crâne. Parce qu'il avait un mal de mort. Mais elle ne comprendrait pas ce mot.

— Vous ne dites rien ?

Non, rien. Beuzaboc laissait traîner sa bière. J'avais fini la mienne. Il ne m'a pas proposé d'en commander une autre. Il souriait. Un sourire de Beuzaboc fatigué. Un instant, il a soulevé sa canne. J'ai cru qu'il allait tapoter le sol, ou se lever. Mais non. Rien. Il attendait en m'observant.

— Ne me dite pas que vous avez renoncé.

J'ai sursauté.

— Je ne renonce pas. Bien sûr que non.

— Lupuline m'a dit que tout pouvait être prêt pour mon anniversaire.

Oui, j'ai dit. Tout serait prêt. Il me restait encore quelques scènes à écrire. Une ou deux. Il fallait aussi que je relise l'ouvrage dans son entier.

— Vous en êtes content ?

J'ai hoché la tête. Oui. J'étais content. C'était à la fois beau, triste, courageux et solennel. Non, je n'avais pas écrit de préface. Je ne voulais pas commenter la biographie. Elle se lirait comme un roman, quelque chose de construit mot à mot et puis qui se dénoue. Non, Lupuline avait renoncé à son introduction. Et je ne lui avais rien dit de notre mensonge.

— Notre mensonge ? a interrogé Beuzaboc.

Le mien, le sien, le nôtre, je ne savais plus bien. Il avait un visage de pierre.

— Elle ne sait rien, donc ? m'a encore demandé le vieil homme.

Non. Bien sûr que non. Elle découvrirait la vérité comme les autres.

— Vous n'êtes pas trop dur avec moi ?

Non. Je ne jugeais pas, je le racontais comme un homme se raconte. Tout était venu de sa volonté de vérité tranquille. Il aurait pu mentir jusqu'au bout, jusqu'à la dernière phrase, mais il avait renoncé. Il préférait la lumière du jour à celle des projecteurs. L'aube hésitante au soleil du midi. Beuzaboc écoutait. Il souriait toujours. Il me perçait des yeux. Un instant, j'ai été persuadé qu'il voyait, qu'il comprenait, qu'il savait que j'étais en train de le trahir. Sa façon de boire sans me quitter du cœur. Les rides profondes qui le faisaient soucieux. Ses mains caressant le bois usé du pommeau. Sa manière de parler. Sa façon de se taire. Il ne me regardait plus. Il m'examinait, il m'étudiait.

— Ne vous en faites pas, j'ai dit.

Beuzaboc a eu un geste. Et son sourire, encore. Il a bu le fond de son verre, une bière couleur miel sombre. Il a posé doucement la main sur mon bras.

— Je ne m'en fais pas. Je vous ai donné ma confiance.

Et puis il s'est levé. Il s'est aidé lourdement de sa canne. Sa jambe gauche était raide. Elle semblait douloureuse. J'étais debout aussi. Je ne savais pas pourquoi j'avais prononcé cette phrase. Il avait reparlé de confiance. Tout cela était inutile. Je m'en voulais. Nous marchions dans la brasserie. Un instant, le temps d'un regard dans le grand miroir, j'ai vu deux menteurs en reflet, le plus vieux s'appuyant sur le bras du plus jeune, j'ai douté de tout. Lorsque nous sommes arrivés à la porte vitrée, il pleuvait. Tescelin Ghesquière a regardé le ciel. Il a fait la moue, s'est dégagé lentement de mon bras. Il m'a tendu la main. Je l'ai prise. Il savait. J'en suis certain. Son regard disait l'ironie et le dédain. Il souriait. J'ai répondu. Ma tête tournait.

— Soyez là pour mon anniversaire, a dit le vieil homme.

J'ai protesté. Faiblement. Etre là, à l'instant où le livre est ouvert, n'était pas mes habitudes. Je me cachais derrière les biographies. Je n'étais qu'un homme qui porte la plume dans le bonheur ou dans la plaie.

— Pour vous ou pour Lupuline ? j'ai demandé comme ça.

— Pour Brumaire, et pour vous, a répondu Beuzaboc.

Il est parti. Il a boité sur le trottoir, longeant le mur pour éviter la pluie. J'ai regardé ses cheveux en crinière, son imperméable, son dos puissant. Il était beau, grand. Une femme, un soldat, deux adolescents rieurs se sont écartés comme pour faire place. Dans un mois, presque, j'allais lui rendre hommage. C'est-à-dire honorer tout ce qu'il ne fut pas. Honorer Pierre Frémaux, mon père. Qui a survécu seul, puis vieux et silencieux de tout, sans prétention, sans honneurs, sans médaille. Qui a passé ses heures comme on passe un chemin. Qui n'a rien raconté, jamais et à personne. Qui n'a rien regretté non plus. J'allais honorer Albert Deberdt, le cheminot de Délivrance, fusillé à la citadelle de Lille le 15 septembre 1941 pour diffusion de tracts. Honorer Hervé Dubois, cheminot de Béthune, fusillé à Arras le 13 juillet 1942 parce que syndicaliste clandestin. Honorer Paul Camphin, le cheminot d'Arras, fusillé le 1er novembre 1943 parce qu'il était communiste. Honorer Gilbert Bostsarron, l'industriel du rail, fusillé au fort de Bondues le 20 janvier 1944 parce qu'il était gaulliste. Honorer Albert Réghem, le cheminot d'Hirson, combattant FTPF, fusillé à Saint-Quentin le 8 août 1944.

*

Je n'ai rien écrit sur Ascq. Je n'ai pas pu mentir jusque-là. Deux jours pourtant, j'ai essayé. Beuzaboc était le chef du commando. Il transportait la charge explosive, il attendait le train, il assistait impuissant au massacre des civils.

Je me relisais. Chaque mot sonnait l'insulte. Wimpy n'était rien, un conte pour enfant qui sommeille. L'Allemand n'avait jamais existé. Tout cela ne pouvait pas faire le mal. Mais Ascq était vrai, dans ses vivants et dans ses morts. Ce nom-là était sacré.

Non, Beuzaboc n'était jamais allé à Ascq. J'ai décidé qu'il travaillait à l'atelier lorsqu'il a appris la nouvelle. Aux toilettes, de colère, il a brisé une porte de son poing fermé. Nous étions le 3 avril 1944, le lendemain de la tuerie. Un village martyrisé. Tous les hommes. Parce qu'une bombe ridicule avait griffé le métal d'un train.

A Hellemmes, les ateliers SNCF ont refusé de travailler. Au dépôt de Délivrance, Beuzaboc et ses camarades ont croisé les bras. Le 5 avril, à 11 h 30, plus de quinze mille personnes ont assisté aux funérailles. Pas un Allemand n'a osé paraître. L'occupant avait interdit tout discours. Le cardinal Liénart a parlé quand même. Quand même, « l'hommage officiel de la France à ses morts ». Dans les usines de la région lilloise, des milliers d'ouvriers ont observé une minute de silence ou cessé le travail. Des centaines d'autres ont offert une heure de leur salaire aux veuves des massacrés.

Beuzaboc était là, dans la foule qui rendait hommage aux victimes. Il était tendu. Il était comme les autres. Et c'était tout ce que j'écrirais sur Ascq.

23.

Beuzaboc est entré dans mon bureau sans un mot, main tendue. Sa taille réduisait mon domaine. Il s'est assis face à moi. J'étais debout, gêné. Il n'avait pas appelé, pas pris rendez-vous, rien. Il avait sonné à ma porte, puis frappé deux coups comme un code enfantin. J'ai cru à Lupuline ou à une lettre recommandée. J'ai ouvert, un verre d'eau à la main. Le vieil homme était là, appuyé sur sa canne, lunettes sur la tête.

— Alors c'est ici que vous écrivez ?

J'ai souri. Pendant qu'il observait la bibliothèque, j'ai dissimulé le carnet marqué « Beuzaboc » derrière une pile sans importance. « Le livre est fini. Tout y est intact. J'ai enfermé Ghesquière dans la légende de Beuzaboc », c'était la dernière phrase que j'y avais inscrite.

J'avais aussi retourné l'enveloppe timbrée destinée à Lupuline, qui contenait mon chèque de remboursement. Je lui rendais son argent.

Beuzaboc ne regardait rien. Il prenait son temps. Je lui ai demandé s'il voulait un café, de l'eau fraîche.

— Je ne suis pas venu pour ça, a souri le vieil homme.

Dehors, il pleuvait. Quelques gouttes luisaient encore dans ses cheveux et sur ses épaules.

Je cherchais à quoi sa venue me faisait penser. Un client, qui veut relire sa biographie avant impression ? J'en ai eu le frisson. C'était ça. Même s'il avait juré du contraire. Même s'il me faisait confiance, par défi et par tentation, le voilà qui voulait me relire. J'ai repoussé mon fauteuil contre le mur. J'étais prisonnier de lui. J'ai bu mon eau. Boire, c'est souvent gagner du temps. Je tremblais un peu. J'ai décidé de ne rien répondre. Il me dévisageait. Il ne souriait plus. J'imaginais sa première phrase.

— Je veux voir ce que vous avez écrit.

Beuzaboc a essuyé le bord de son sourcil. L'eau de pluie, encore. Une goutte de peur coulait sur ma tempe.

— Vous êtes-vous déjà mis à la place de votre père ?

J'ai reposé mon verre. J'étais stupéfait.

— A la place de mon père ?

— Comment aurait-il réagi face à moi ? a encore demandé le vieil homme.

— Je ne sais pas, j'ai murmuré.

— Essayez de répondre. C'est important pour vous.

— Pour moi ?

— Oui, pour vous. Je n'ai pas de place dans votre démarche.

— Je ne comprends pas.

— C'est votre père que vous recherchez depuis le début, ce n'est pas moi. Vos questions, votre intérêt, votre attitude, je n'ai pas grand-chose à voir avec tout ça, et vous le savez bien. Alors je vous le demande : comment aurait-il réagi face à un usurpateur ?

Mon silence.

Beuzaboc a passé une main sur ses lèvres.

— Je veux bien un verre d'eau, maintenant.

Il a bu sans me quitter des yeux.

— Il m'aurait jugé ? Il m'aurait pardonné ?

J'ai secoué la tête. J'ai répondu des mots sans sens. J'étais un biographe, je m'attachais à l'histoire qu'on me racontait, je ne voyais pas ce que mon père venait faire dans la vie de Tescelin Beuzaboc.

— Vous ne voyez pas ?

J'ai bu à mon tour. Beuzaboc observait mon trouble.

— Vous savez ce que vous avez hérité de votre père ?

Il a joué avec sa canne, laissant mon regard de côté.

— Vous avez hérité de sa vérité.

Beuzaboc s'est levé. Il m'a tourné le dos.

— Et moi, je ne veux pas léguer mes mensonges.

24.

Mardi 28 octobre 2003

Rue de Béthune, Lupuline avait acheté des papillons en plumes et du tissu blanc. Elle avait fabriqué douze ronds de serviette avec soin. Sur chacun, elle avait collé l'insecte coloré, une feuille d'automne et une châtaigne en bois peint. La table était trop petite. Elle avait ajouté une rallonge que la nappe cachait mal. Son père serait installé tout au bout.

Puis elle a ouvert le paquet de livres que je venais de lui remettre. C'était du beau travail. Un ouvrage de bibliothèque. Le nom de Beuzaboc était imprimé en bleu nuit sur la couverture et l'épaisseur du dos. Pas en gros, pas en gras, pas en orgueil. Des lettres penchées, fines et discrètes. Les exemplaires étaient encore sous cellophane. Comme Lupuline l'avait finalement souhaité, la couverture était un gris perle, recouverte d'une jaquette de même élégance. Ni photo, ni dessin, rien de ces choses qui font kiosque de gare. Mais cette couleur reposée, ces lettres bleues et l'espace silencieux qui annoncent la littérature. Au dos du livre, une phrase tirée du texte, et signée Tescelin Beuzaboc. « Personne n'a entendu le coup de feu. Le soldat est tombé à la renverse, comme ça, presque lentement. Il semblait avoir trébuché sur la plate-forme du tram. J'ai vu un autre soldat lui tendre la main en riant. Je venais d'abattre un homme et son ami riait. J'ai glissé le pistolet dans ma ceinture de pantalon et j'ai continué ma route. »

Lupuline a caressé la soie de l'emballage. Elle souriait. Elle a posé un livre sous chaque serviette, à droite des assiettes. En arrangeant celui de son père, elle a remarqué que je n'apparaissais nulle part sur la couverture. Avant qu'elle ne me choisisse comme biographe, un confrère mis en concurrence avait exigé que son nom soit cité. A cette question, j'avais eu un geste agacé. J'ai répondu que ce n'était pas mon histoire, mais celle d'un autre homme. Et l'œuvre de cet homme. Un biographe devait écouter, entendre, écrire et s'effacer.

Lupuline a levé le livre comme on salue de la main. Elle me remerciait par-dessus la table dressée. Moi je buvais un vin de bienvenue. J'étais arrivé le premier. Les invités, plus tard.

Lupuline allait de l'un à l'une, un plateau à la main. Beuzaboc a passé la porte le dernier. Il avait quatre-vingt-quatre ans depuis le matin. Il s'appuyait sur sa canne. Il boitait un peu, pas trop. Il semblait à la fois ici et ailleurs. Il a eu un mot pour chacun, un geste. Une main sur l'épaule, un baiser, un bras serré. Puis il a vu le livre posé à sa place, et il a eu son front soucieux.

Le vieil homme s'est approché de moi. Il m'a pris dans ses bras. Il m'a étreint comme ça, comme un père, sans un mot ni un regard de plus. Jamais il ne l'avait fait. Jamais il n'avait enlacé personne.

D'un geste chaleureux, Lupuline a désigné la salle à manger. Ma tête bourdonnait. Ma main tremblait sur mon verre vide. Je surveillais Beuzaboc. Il n'osait rejoindre sa place. Il observait le livre en coin, la couverture grise, toute simple. Il étirait le temps.

La première assise fut la petite Wasselin, amie de Lupuline et médecin depuis le début de l'année. Elle riait en s'asseyant, parlait un peu trop fort et Francis Beels la grignotait les yeux. Les Pruvost avaient dû se chamailler dans la voiture, en venant. Lui souriait mal. Elle ne souriait pas. Lupuline plaçait chacun en chantonnant les noms. La petite Wasselin n'a remarqué ni le papillon, ni la feuille, ni la châtaigne. Elle a déplié sa serviette et l'a mise sur ses genoux. Puis elle a vu le livre. Elle ne l'a pas touché. Elle a relevé la tête.

— Tescelin, c'est quoi ça ?

Beuzaboc a souri triste, canne à terre.

— Prenez place et je vous explique.

Je suis resté debout, contre le mur. Personne n'avait arraché le transparent qui protégeait le livre.

— Tu as écrit ta biographie ? a demandé le docteur Goedert.

— Pas exactement, j'ai raconté et un professionnel a mis cela en forme.

— C'est passionnant ! a lâché Line Démory.

Il a tendu la main vers moi.

— Voici l'auteur.

Quelques invités ont applaudi mollement, sans vraiment prêter attention.

J'ai eu un geste d'embarras.

Le vieil homme était resté debout devant sa place, chaise repoussée.

Il a touché le livre du plat de la main. La jaquette élégante. Il a regardé son nom bleu sur le gris. Il a porté l'ouvrage à son nez, pour ressentir le frisson d'encre fraîche. Il a inspiré longuement. Il tremblait. Il a reposé le livre, l'a lissé de ses doigts. Puis il a lu la quatrième de couverture. « Personne n'a entendu le coup de feu. Le soldat est tombé à la renverse, comme ça, presque lentement. Il semblait avoir trébuché sur la plate-forme du tram. J'ai vu un autre soldat lui tendre la main en riant. Je venais d'abattre un homme… »

Il a levé les yeux sur moi. Il semblait sidéré. Il a arraché l'emballage. Il a ouvert le livre. Il l'a feuilleté comme on inspecte une liasse. Son front était labouré, ses sourcils en colère. Il a relevé la tête. Il m'a regardé violemment. Beuzaboc venait de comprendre. J'ai soutenu son regard blanc. Lupuline n'avait rien remarqué. Elle vivait cet instant comme une enfance heureuse. Son père est resté debout, lourdement, défaillant presque. Lupuline s'est placée derrière lui, main posée sur son épaule. Le vieil homme a été surpris par le geste. Il s'est retourné. Il a regardé sa fille. Son sourire était frêle. Personne ne parlait, ne bougeait. Les visages étaient à la fois émus et graves.

— On peut ? a interrogé la petite Wasselin, écorchant l'emballage.

Beuzaboc a levé une main. Voix faible.

— Si vous le permettez, j'aimerais vous dire quelques mots avant.

Il ne me quittait pas, son regard tourmenté dans le mien comme on reprend ses droits. Il était beau, brûlant, brave, lèvres closes. Il a dévisagé les femmes et les hommes qui partageaient sa vie. Il a hoché la tête, enlevé ses lunettes. Il a massé le bord de ses lèvres. Il était légèrement voûté, les poings serrés de chaque côté de son corps. Puis il m'a regardé encore, sans glace au fond des yeux cette fois. Il semblait soulagé.

— Suspense insoutenable, a souri Jean-François Delsaut, son meilleur ami.

La table a ri. Beuzaboc aussi, nerveux. Un rire sanglot, la gorge qui cède. Restée derrière lui en photo de famille, Lupuline s'est hissée vers son père, entourant ses épaules de ses bras. « Mon papa », elle a murmuré, tout près de son oreille. Elle lui a servi un verre d'eau. Il a bu, les yeux clos comme s'il était seul. Comme dans notre fournaise, dans notre obscurité, quand

Brumaire et Beuzaboc murmuraient pour moi les actes de vaillance.

— Je vais vous parler de courage, a commencé le vieil homme.

Son visage reprenait vie.

— Pas du courage en temps de guerre, mais du courage en temps de paix.

Lupuline était radieuse. Elle observait ses hôtes les uns après les autres.

— Je vous ai menti, nous a-t-il dit.

J'ai manqué d'air, de sang. Je me suis adossé au mur. Je n'avais pas imaginé cet instant comme ça. Je rêvais Beuzaboc sans voix, tête basse, offrant le silence obstiné des manques de bravoure. Il se serait assis en vieil homme, attendant que le livre avoue à sa place. Je me voyais partir au moment où chacun ouvrait son exemplaire. Partir sans attendre et sans me retourner. Ma vengeance serait dite. Je serais sans colère. Lupuline aurait rapidement feuilleté son exemplaire. Elle aurait été soulagée parce que tout était là, histoires d'enfance aux portes du sommeil. La tombe anglaise, Wimpy, la mort de l'Allemand, la jambe de Tescelin, déchirée par les bombes et brûlée par le feu. Elle m'aurait rattrapé dans le couloir. Elle aurait posé un baiser sur ma joue pour me remercier. En mémoire de mon père, j'avais trahi le sien, mais elle ne le saurait pas. Elle penserait que j'avais fait tout cela pour elle. Et peut-être aurait-elle eu raison.

— Je vous ai menti. A toi, ma fille. A vous, mes cousins, mes amis. A toi aussi, Jean-François. Rien n'est vrai dans le livre que vous avez entre les mains. Il devait dénoncer mes mensonges, mais il ne fait que les reprendre.

Les bras de Lupuline étaient retombés. Elle venait brusquement de s'éteindre. Elle me regardait. Elle, moi, nous deux, nous seuls. Elle a fait quelques pas. Elle a baissé les yeux, elle s'est laissée tomber sur sa chaise. La table était déserte. Les femmes, les hommes, dans un même silence. Même la petite Wasselin a compris qu'il ne fallait pas rire de cet instant. Assise, Lupuline m'a regardé encore. Elle était à la fois mon impuissance et son désarroi, Beuzaboc a passé la main dans ses cheveux blancs. Il fixait Lupuline. Le docteur Goedert, Line Démory, la petite Wasselin, Jean-François Delsaut, Francis Beels, les Pruvost, les Berthet, moi-même n'existions plus. C'est à sa fille qu'il s'adressait.

— Je n'ai jamais été résistant, ma fille. Avec deux copains, j'ai fleuri une tombe anglaise le 11 novembre 1940, c'est tout. Pendant la guerre, j'ai juste essayé de gagner mon pain. Et puis il y a eu cet accident à l'atelier.

Lupuline était molle et blanche, tête baissée. Elle savait. Elle savait tout cela et j'en étais certain.

Puis il m'a désigné d'un geste de tête.

— Tu m'as demandé de rencontrer cet homme. Je l'ai fait, mais ce n'est pas avec moi qu'il avait rendez-vous.

J'ai regardé mon livre, mort entre toutes ces mains. Je ne respirais plus. Mon verre était posé au hasard d'un rebord.

— Maintenant, vous êtes les bienvenus, tous, mais vous pouvez aussi quitter cette table si vous voulez. Je le comprendrais, a murmuré Beuzaboc.

Il s'est penché. Il a déplié sa serviette, caressé le papillon, la châtaigne et la feuille d'automne.

— Je vous demande pardon, a dit Beuzaboc.

Puis il a essayé de s'asseoir, main errant à l'aveugle sur son dossier de chaise. Au bruit du siège bousculé, Lupuline est revenue à nous. Elle a essuyé une larme en coin de paupière. Elle a levé la tête. Elle avait dans les traits la beauté Beuzaboc. Il espérait sa fille auprès de lui. Debout, immense, cassé, une main sur le bois et l'autre battant l'air, il lui disait qu'il n'y arriverait pas.

Lupuline s'est levée. Pas l'enfant qui sursaute en se précipitant, mais la femme tranquille. Elle a rejoint son père, lentement, dans le silence d'après. Ils se sont regardés. Lui, elle, et sans rien d'autre qu'eux. Elle a passé une main sous son bras, une autre sous son torse. Elle l'a aidé à s'asseoir. Ils ne se sont pas quittés des yeux. Il s'est assis. Elle s'est penchée vers son père.

— Merci, papa, a murmuré Lupuline.

Il a été stupéfait. Au bord du soulagement. Il a eu son regard de Beuzaboc, le vrai, celui qui le fait homme. Lupuline s'est redressée.

— Tu m'aides, Lili ?

La petite Wasselin s'est levée précipitamment.

Les deux femmes sont parties à la cuisine.

Le silence a cessé d'un coup. La pièce a repris ses couleurs d'automne, de papillons et de châtaignes blondes. Les livres ont été reposés sur la nappe. Francis Beels a toussé en rapprochant sa chaise. Le docteur Goedert a déplié sa serviette. Pruvost a posé la main sur celle de sa femme.

Jean-François Delsaut a levé son verre, comme le font les amis.

Moi, j'ai quitté mon mur, j'ai longé la table, je me suis incliné devant Tescelin Beuzaboc. Le vieil homme avait gardé son livre ouvert, retenu par le pouce et deux doigts. J'ai posé ma main sur la sienne. Peau contre peau, j'ai délicatement refermé notre histoire. Il n'a pas protesté. Il a accompagné mon geste. Il a relevé la tête, il m'a regardé. Ses yeux étaient sans bruit. Il n'a rien dit. Je n'ai rien dit.

En quittant la pièce, j'ai espéré Lupuline. Ce soir, elle portait des ballerines cerise en cuir froncé. J'ai traversé le couloir. J'ai marché vers la porte d'entrée. Sur le guéridon d'angle, la boîte rouge et blanc en métal. La cigarette était là, sous son rabat d'acier. J'ai ouvert la porte. J'avais le cœur léger et lourd. J'étais triste et fragile comme au sortir du deuil. J'ai pris la cigarette oubliée. Je l'ai mise à la bouche, comme ça, sans l'allumer, les yeux fermés. Juste pour le goût de blond et de miel.

Dehors, il faisait nuit. Quand je suis apparu sur le seuil, Fives s'est approché. Il attendait, adossé contre le mur d'en face. Il m'a pris par l'épaule. Trompette souriait dans la lumière du réverbère. Il a frotté ses mains, relevé son col de veste, inspecté machinalement la rue. Et puis nous sommes partis.

Du même auteur :

LE PETIT BONZI, Grasset, 2005.

UNE PROMESSE, Grasset, 2006 (prix Médicis 2006).

MON TRAÎTRE, Grasset, 2008.

RETOUR À KILLYBEGS, Grasset, 2011.

Le Livre de Poche s'engage pour l'environnement en réduisant l'empreinte carbone de ses livres. Celle de cet exemplaire est de :

350 g éq. CO_2

Rendez-vous sur www.livredepoche-durable.fr

Composition réalisée par IGS-CP

Achevé d'imprimer en octobre 2012 par
BLACK PRINT CPI IBERICA, S.L.
08740 Sant Andreu de la Barca (Barcelona)
Dépôt légal 1re publication : août 2011
Édition 04 – octobre 2012
Librairie Générale Française – 31, rue de Fleurus – 75278 Paris Cedex 06

31/3469/9